青春的边沿

刘志学 著

主编 高长梅 王培静

与文学名家对话 · 中国当代获奖作家作品联展

花山文艺出版社

图书在版编目(CIP)数据

青春的边沿 / 刘志学著.—石家庄: 花山文艺出版社, 2013.7(2021.6 重印)

(与文学名家对话:中国当代获奖作家作品联展 / 高长梅, 王培静主编)

ISBN 978-7-5511-1694-7

Ⅰ.①青… Ⅱ.①刘… Ⅲ.①散文集 – 中国 – 当代 Ⅳ.①I267

中国版本图书馆 CIP 数据核字(2013)第 292213 号

丛 书 名:	与文学名家对话:中国当代获奖作家作品联展
主　　编:	高长梅　王培静
书　　名:	**青春的边沿**
作　　者:	刘志学
策　　划:	张采鑫
责任编辑:	董　舸
责任校对:	齐　欣
特约编辑:	李文生
全案设计:	北京九洲鼎图书有限公司
出版发行:	花山文艺出版社(邮政编码:050061) (河北省石家庄市友谊北大街 330 号)
销售热线:	0311-88643221
传　　真:	0311-88643234
印　　刷:	永清县晔盛亚胶印有限公司
经　　销:	新华书店
开　　本:	710×1000　1/16
字　　数:	100 千字
印　　张:	8
版　　次:	2013 年 7 月第 1 版 2021 年 6 月第 2 次印刷
书　　号:	ISBN 978-7-5511-1694-7
定　　价:	32.00 元

(版权所有　翻印必究·印装有误　负责调换)

目录 CONTENTS

第一辑　梦里杏花开

老堂屋 …………………………………… 002

熟悉里的陌生 …………………………… 004

父亲的老药箱 …………………………… 006

那年交学费 ……………………………… 015

再给老师背课文 ………………………… 017

三好学生 ………………………………… 020

遗落的家园 ……………………………… 021

回望故乡 ………………………………… 030

前方有鱼 ………………………………… 032

梦里杏花开 ……………………………… 033

年年祭灶 ………………………………… 036

CONTENTS

第二辑　又听妈妈唤儿声

又听妈妈唤儿声 ……………………… 040

余香犹在的蒸槐花 …………………… 042

妈妈也追星 …………………………… 043

再扯母亲的手 ………………………… 046

脱去盔甲的父亲 ……………………… 049

凝视父亲 ……………………………… 051

岳母做的棉鞋垫儿 …………………… 053

CONTENTS

第三辑　昨日的伤痕

生命都是平等的 …………………… **056**

自寻快乐 …………………………… **058**

"畅想"与愿望 …………………… **060**

青春的边沿 ………………………… **063**

昨日的伤痕 ………………………… **065**

快乐与忧愁的"墙" ……………… **071**

换一把椅子 ………………………… **072**

为什么不早些撒手 ………………… **074**

一起涂黑了墙 ……………………… **076**

国哀日，动车在哭泣 ……………… **077**

第四辑　　一梦蝴蝶

不老的柏杨 ———————————— 082

刘震云"梦回故乡" ———————— 089

高贵刘郎 ———————————————— 093

泸沽湖散记 ———————————————— 096

埃菲尔铁塔，在讨伐的
　　口水中铆进历史 ———————— 107

一梦蝴蝶 ———————————————— 110

"奢侈"的绽放 ————————————— 114

为了孩子玩儿魔方 ————————— 119

第 一 辑　**梦里杏花开**

老堂屋

父亲从老家来，掐着烟抽了半天，郑重地说："你四弟上高中了，三五年即要成家，我决定扒掉老堂屋，再盖新房。"

乍一听要拆掉老堂屋，我心里骤生酸涩，且溢出一种眷眷的依恋，只想再回家看看，算是作别。

我家的老堂屋是豫北平原最常见的那种俗称"外熟里生"的瓦舍。高不盈八尺，却四角卧兽，青瓦叠成的屋脊透着古朴的玲珑。门窗口呈扇形，用砖雕组合了一幅很美丽的图案，两面山墙上除了砖雕的装饰带外，白灰底上赫然8个隶书大字："紫气东来"、"光前裕后"，那字写得极有功力，却又笼罩着一种风蚀雨剥的苍老。

老堂屋的历史也曾经辉煌过。初落成时，是四邻八乡眼里屈指可数的华堂。我幼年时最为自豪的，便是站在我家门口噙着手指，看过路人对我家房子投来的那种羡慕的眼光。

然而，老堂屋对我而言，记忆最深的，当是童年发生的故事。

大约是我5岁那年，老堂屋落成了。父亲便先把奶奶从叔叔家接过来住。爷爷去世早，作为长子的父亲14岁便在奶奶的眼里成了一家之主。在父辈们当中，爸爸俨然是他们兄弟姊妹的表率。可惜，奶奶只住了两年，在我刚学会"a、o、e"那年的第一个期末，我捧着油印的奖状兴高采烈地跑回家里时，却见老堂屋前搭起了只在别人家才见过的灵棚——奶奶去世了！

我扔下奖状和书包，奔过去站在奶奶的灵床前发愣。我怎么也不相信几天前奶奶坐车去公社医院时还叮嘱我好好念书，放假给她拿个奖状回来，现在竟躺在那里，静静地闭上了眼睛，她永远也看不到我的油印奖状了……

那年，奶奶才59岁。

我是家里的长子，奶奶最疼我。也许是我从小吃面糊和羊奶长大的缘故，出嫁的姑姑和亲戚们送来的东西，奶奶总是放在她那只老榆木箱子里，然后一点一点地拿出来给我吃，尽管有时她也分给大妹和二弟，却总是我吃得最多，也吃到最后。我从记事时起就和奶奶一起睡。我记得奶奶的脚很小，但裹脚的蓝布条却很长。我的开蒙，就是在奶奶一早一晚缠来裹去那两条长长的蓝布条时开始的。奶奶不识字，却能讲许多典故，唱很多歌谣。我至今记忆犹新的《公冶长》、《狼姥娘》的故事以及"正月说媒二月娶，三月生下个小儿郎……"之类的《两头忙》，还有牛得草唱的《十八扯》（奶奶叫《八不连》）等，都是奶奶教会的我。奶奶瘦小的身躯里不知有多少故事、多少歌谣，讲不尽，也唱不完……

然而，奶奶那时却躺到了那可怕的灵床上，再也没有人跟我一起睡在堂屋里，再也没有人给我讲故事、唱歌谣了。我抹了一把簌簌的眼泪，抓过我的油印奖状站在那儿大哭起来……接着，二妹和三弟、四弟相继在老堂屋里来到了人世间，最小的姑姑也在这座老堂屋里出闺了。父亲的头发在这座老堂屋里不知不觉地变得灰白，母亲的身板和脚步也在这座老堂屋里变得弯曲和蹒跚。我住在这座老堂屋里读完了小学、初中和高中，父亲和母亲又在这座老堂屋里的几张凳子上坐着为我定了亲，使我有了一位贤淑的妻子，又有了可爱的儿子。

后来，父亲又陆续领着全家盖了两间东厢房和三间水泥平顶的西厢房，虽然在建筑形式上革新了，却远没有老堂屋的古朴和威严。况且，在农村，堂屋大多是主房，厢房是不能比主房高的。因此，老堂屋在我的心目中，永远有一种神圣的尊严。我崇敬它，就像崇敬我的奶奶和父母。

流年似水，一转眼20多个春秋了，四邻的房舍早已超过了

青春的边沿

我们的老堂屋,特别是近几年,我们的老堂屋就像是一群骏马里的老绵羊,个头矮且又老态龙钟,我却丝毫没有感到它应该扒掉。

这对于我,也并非是敝帚自珍。我总感觉老堂屋是一尊风蚀雨剥、饱经沧桑的丰碑,她记载着我们的家史,记载着我的童年,记载着我的奶奶、我的父母的人生。她是一间广厦,庇护了我们一家几代人的风风雨雨;她是一个襁褓,温暖着我们兄弟姊妹长大成人。

斗转星移。难道古朴非要化为灿烂,那才是延续了历史?我站在老堂屋前,又想起了逝去的奶奶……

我的老堂屋,我不想和你永别!

熟悉里的陌生

十年前,我扶妻携子离开九曲黄河最后一道弯里的那个小县时的情景,至今还记忆犹新:母亲连夜炒的花生,至今还余香犹在;父亲叹着气默默地把家里仅有的60元钱塞到我的手里,至今还感觉永远花不完;弟弟妹妹帮着我把手足情打进了行李,于是,我们一家三口就背负着浓浓的故乡亲情来到了这个城市。

以后,尽管我们每年都回家几次,可不知何时,每当我再踏进那个熟悉的村庄时,感觉那里已滋生出一股陌生的氛围。

我刚操起扫帚像从前那样去打扫庭院,弟弟跑过来说:"你歇着吧,我来扫。"我挽起袖子像以前那样兴致勃勃地下厨,母亲却为我泡了一杯茶说:"歇着吧,到家了,咋能还让你做饭?"于是,我无所事事地在院子里看地上的蚂蚁,看天上的云。

别人都在忙碌，我却成了回到家里的客人！

中午，我穿着笔挺的衣裳，端坐在丰盛的餐桌旁，父亲请来几位德高望重者作陪——我心里升起了一堵莫名的高墙，只有我，成了高墙那边的人。

父辈的人唤我的乳名，爷辈的人就去阻止：在外面干事儿的人回到家里，就不能再叫小名啦，得叫大名；从前和妻子在一块儿扎堆闲唠的嫂子婶子们，如今也与她坐得隔开了一席远的距离；儿子淘气揍哭了别家的孩子，那家的大人却把自己的孩子呵斥一顿后，再来给我赔着笑脸说一些愧疚的话……

我清晰地感受到了一种被"敬而远之"的寂寞。

逝去的岁月，拉远了我和故乡、父母以及乡邻的距离——尽管我对这一切熟悉得连谁的生日、谁家的人数、谁家的灶门朝哪儿都了如指掌。从前在一起劳作的场面，从前在一起风雨同舟的苦乐，已离我越来越远，幻化成飘逝的记忆。我很想对父母、对乡邻、对这熟悉的房屋、树木和乡间小路说：我只是从这间屋檐下飞出去越冬的候鸟，我的巢还在这里；我还是以前的我，我还会扬场放磙、犁地耙地；我还能卷起裤子，挑上粪桶去田里追肥！

父母和亲友仍然把我看成远方来的客人。早上起来，他们像例行一种程序那样挨个儿地问："睡得还中吧？冷不冷？"满脸的客气透出了几分生疏，生疏里拉开了亲情的距离。我身在故乡，却居然有了一种客居的感觉。我想起了贺知章的《回乡偶书》，那种"儿童相见不相识，笑问客从何处来"的滋味儿，我虽非"少小离家老大回"，"乡音无改"也未"鬓毛衰"，就已经超前地领略了。

生我养我的故乡啊，漂泊在外的日子里，我对家的牵挂始终在心头，回家的感觉也常常幸福地出现在梦境里。我的父母、我的故乡，我只想对你们说：流落异乡的滋味不好受，别再把我当作客人了。我是这片厚土养育成人的孩子，只不过在外谋生才变成了离巢的候鸟。

我怀恋以前的日子，我怀恋从前的乡情。只有晚上一家人团坐在灯光里，说着那平淡而又世俗的方言时，我才感到一家人在说着一家话，我才觉得我还没有被这个家关在门外，我才从彻骨陌生沉醉在熟悉的、家的温情里……

父亲的老药箱

从我记事时起，父亲的肩头上就挎着一个棕色的、印着红十字的小药箱，在村子里从日出转到日落。后来长大了才听母亲给我讲：父亲14岁时就没了我爷爷，家里穷，考上高中没上几天，就辍学回家帮我奶奶支撑门户了。他先是当了队上的会计，又到学校教书，后有感于爷爷生病时农村大夫稀少不好请而导致爷爷过早地辞世，就发奋跟一位叫"陈四仙"的老中医当了关门徒弟而改了行。

到我懂事时，父亲已学有所成，在四邻八乡颇有名气了，且已主持了村卫生所的工作。那时，父亲的药箱简直就是我崇拜的图腾，时时鼓着肚皮，冲那些胆敢冒犯我的同伴们吼："敢欺负我？让我爸给你们打针去！"同伴们便立即诚惶诚恐。尤其引以为自豪的是，母亲为我绣的那个花兜肚的大口袋里，似乎从来就没有少过点心、糖块之类当时很少见的奢侈品，那都是没人看管我时跟着父亲到乡邻家出诊，他们经过与父亲三番五次地推让给我装进去的。当我把这些东西拿出少许分给同伴们时，他们立即就会对我感恩戴德，然后我就用居高临下的眼神儿，看着他们一点一点地吮进肚子里。

而且，因为父亲的缘故，从我上小学时起，老师们就对我格外优待——坐教室里最好的位置，当班干部，甚至临考试前为我开小灶。当然，他们的家人染疾，也由我立即通知父亲去出诊，而且我还总是说："爸爸，是俺老师让我……"云云。

背着药箱的父亲为我带来了尊严和骄傲，我也就格外尊敬父亲和崇拜那个小药箱。

随着我们兄弟姊妹几个逐渐长高，父亲的药箱也渐渐地变得陈旧了，那个极醒目的红十字已斑斑驳驳，父亲也不知不觉地长出了几丝白发，但他依然背着他的药箱早出晚归。我们的村子很大，病人就很多，他忙不过来，因此，我几乎没有见过他有一天是在家里囫囫囵囵地吃过三顿饭的。

因为父亲的药箱在我心目中是极其神圣的，所以，我从来不敢私自打开它，尽管我极想知道里面究竟装着什么法宝，能让乡邻们消病化灾。

然而，后来我却开始讨厌、甚至仇视那个药箱了。先是一日三餐，父亲不来，我们绝对不能动筷，这是母亲反复叮嘱我们的，非到父亲回家或是得到确切的消息父亲不能来家吃饭时，我们才能开始狼吞虎咽。但这时，我们兄妹几个往往早就饥肠辘辘了。这时一般我就会想，若不是父亲背的那个破药箱，我们何至于此？

有时夜里我们睡得正香，母亲忽然把我摇醒说："你爸到××村看病去了。天这么黑，路这么远，你去接接他吧。"我知道，父亲不回家，母亲绝不会独自先睡的，而且，父亲从来没有在夜里出诊时借宿在别人家或让人送回来过。无论时间早晚，天气好坏，他都会赶回家里。我虽不情愿，却每次都会怏怏地看着母亲焦急的样子，迅速地穿衣服。在那些漆黑的夜路上，我不止一次地想：这该死的药箱，害得我睡不成安稳觉，害得父亲整日奔波

青春的边沿

劳累。但每次把父亲接到家,他总是很仔细地把那个药箱擦一遍又一遍,确信无一丝灰尘了,就坐在那儿把药箱打开,扔出一堆空盒子,再放进各种各样的、他认为明天要用的新药品,这才会放心地去休息,但这时,往往已是后半夜了。等到第二天早上我揉着惺忪的双眼,准备到学校去上早课时,放在案子上的药箱大多又不见了——父亲一大早又被乡邻喊走了。

幼年的记忆里,印象最深的就是父亲在灯光下擦拭药箱的身影,有时我会倚着门框出神地看上半天。然而,父亲原来魁梧高大的身躯日渐一日地被这小小的药箱压得越来越单薄了。未届不惑,父亲的头发就开始花白,脸上也开始出现皱纹,终于有一天,他躺下了……

那晚,已是子夜,北风夹着雪花,一个劲儿地肆虐,父亲还没有回家。母亲攀着门框,站在那里,望着屋门外灯光映照出的、纷乱飞舞的雪花发呆。我一看母亲的神情,没等她支使,就和二弟冲进了夜幕里……

大雪已没过脚面,不能骑车。我们只好袖着双手、缩着脖子,徒步奔向二里以外的邻村。一路上,我和二弟一面咒骂这鬼天气,一面又习惯地咒骂起那只药箱子,还一个劲儿地抱怨这家人的病,生得真不是时候。我甚至怂恿二弟等把父亲接回家,把他的药箱放一个找不见的地方,好让父亲休息几天。但二弟说他不敢——我也不敢,不然干吗去怂恿弟弟?

正走着,二弟突然说:"哥,那不是爸的车吗?"我揉了揉眼,凑着微弱的雪光才发现,爸爸的自行车倒在路边,药箱也躺在那里,上面已落了厚厚的一层雪。

我立即感到头大了几倍,扔下车和药箱不管,慌忙去寻父亲。父亲大概听到了我俩的声音,发出了一声微弱的呻吟,我们循声望过去——父亲躺在路沟里,蜷曲着身子,手捂着腹部,身上落满了雪。

我和弟弟哭着把他扶起来,爬出路沟,又艰难地扶上了自行车架,却怎么也推不走。父亲喘息着说:"去,回家拉车……"弟弟踽踽跚跚地跑走了,留下了我和父亲。父亲痛苦得站不住,我们只好蹲了下去。"爸,你咋了啊?"我哭着喊。

"我……我的胃……"父亲痛苦得几乎说不出话了。

我一个劲儿地抽泣,站在那里不知所措,猛地瞧见了那药箱,便立即把满腹的怨气朝它发泄,一脚把它踢出了老远。药盒、药瓶散在了雪地上。父亲不知哪来的一股劲儿,呼地站起来,挥手给了我一巴掌:"去……收拾……"话没说完,就扑通一声倒在了地上……

我没收拾药箱。长这么大,第一次挨父亲的打、也第一次没听他的话。我扳着父亲的肩头哭喊起来……

不知过了多长时间,母亲和叔叔及二弟才拉着一辆平车赶到。母亲抽泣着让我和二弟回家看门,就和叔叔拉起父亲奔去了公社医院……

父亲因多年来的辛苦再加上随时出诊,饮食一直没规律,早就患了五六年的胃溃疡。那晚,是由此而引发的胃穿孔。因发病急且严重,从公社医院转到了县医院,两个多月后才回到家里。

父亲因保守治疗长时间不能进食,人已消瘦得不像样子,头发几乎白了一半儿且老长老长,眼窝凹陷,手指就像枯树枝一样。我简直不相信这就是我的父亲。但父亲一回到家里,眼睛却出奇的亮。他四顾不暇,好像到了一个陌生的地方。当他看到他的药箱落满灰尘地挂在墙上时,眼睛又由明亮到黯淡,嘴里嚅嚅:"我不在家,你们也不擦擦……"然后就让母亲拿过去,他抱在怀里出神地盯着,坐在那里一动不动。

从此,我再也不敢动那个药箱了,每当看到它,就想起那个风雪交加的夜晚,就想起那晚父亲给我的那重重的、至今还

青春的边沿

隐隐作痛的一巴掌，但心里却一直仇视那个药箱子。

父亲痊愈后，依然挎着他的药箱，早出晚归，披星戴月，日复一日，年复一年……

胃穿孔虽然好了，但胃溃疡依然在折磨他。家里再也没有钱了，因为给父亲治病，本来日子就过得紧紧巴巴的家，已背了近2000元的外债，这在吃大锅饭的年代几乎是个天文数字。为了自己的身体，父亲开始想办法了。后来，他果然配出了一种中药散剂，把自己的顽疾吃好了，至今未再复发过。那之后，父亲又拿着自己配出来的药试着给别人治，结果，凡属慢性胃炎、胃溃疡之类的顽症，少则一剂，至多两剂便根治。这下，父亲更是声名远播。但无论来找他求医的人有多少，他除了把按规定应收的药费如数上交大队外，就只本本分分地拿他一天10分的工分，没提过其他的报酬。

父亲把自己的胃病治好后，身体日渐恢复，但仍然羸瘦，再也没有像以前那样魁梧，只是布满皱纹的脸上不再苍白，还透出了一种健康的红晕，饭量也增加了许多……

我读高中时，父亲已在乡医院上班坐门诊了。那只药箱被遗弃在家里，父亲不再背它了。我心里有几分窃喜。后来却总见爸爸回家时又在一遍又一遍地擦拭它，擦完后便叹气，坐在那里一支接一支地抽烟，呆望着那被他擦得一尘不染的药箱，眼神里似乎有一丝忧虑。

然而，我们吃饭不再等父亲，因为他每星期才回家一次，夜里也不再总去接他。于是，我便渐渐地把那个药箱遗忘了……

忽然有一天，爸爸竟又神采奕奕地背起了那个药箱，并且借了许多钱，自己开了个诊所。听母亲说，父亲到乡医院坐门诊后不久，村里的卫生所就解散了。乡邻们有了病就很难得到及时治疗，父亲有时看着有些应该立即就地抢救的病等颠簸了十来里路赶到了乡医院时，已经恶化了，甚至有些就因为这把命搭了进去，他就深感内疚。时间久了，他便发现他到乡医院坐门诊其实是个错误，就坚决辞掉了乡医院的工作，回到了家里。村卫生所已不复存在，他就只好自己开诊所。况且，那时已经改革开放了，私人开诊所是政策允许的。

村干部和乡邻们连请了他3天的客。父亲平时很少喝醉，说是怕喝酒过量容易误诊，这几次却都是大醉而归，破天荒地让乡邻们送回了家里。

父亲用的仍是那个旧药箱。几年的门诊坐下来，父亲的身体也比以前好了许多……

这时我已高中毕业，父亲准备让我子承父业，于是，我整天不是跟着母亲领着弟弟妹妹们种我家的责任田，就是背诵父亲布置的"诸药赋性，此类最寒。犀角解乎心热，羚羊清乎肺肝……"之类的中医典籍。《药性赋》、《汤头歌》、《脉诀》都背完了，他又让我读河南中医学院的中医刊授班。我因憎恨那药箱的缘故，且对父亲多年行医生涯中的坎坷沧桑领略得刻骨铭心，所以，打心眼里对岐黄之术不感兴趣，生怕将来重蹈父亲的覆辙。

尽管我崇敬我的父亲，但我憎恨那只药箱，讨厌那么多枯燥的药书，甚至遗憾父亲这辈子选错了职业，但在他治好李婶的病之后，我以上的观念陡然有了转变。

李婶是邻村人，患了一种很难治的病，辗转几个大医院，花了20000多元之后，大夫都异口同声劝她回家"想吃啥吃啥吧"。万念俱灰之际，她抱着一丝希望来找我父亲。不想父亲试着给她用了一个多月的中药后，病情竟大有起色；又用了两个多月的中药，李婶竟奇迹般地康复了。

那天李婶两口子带着许多礼品来给父亲送锦旗，父亲仍同以前打发送锦旗的一样，坚辞不受，说："我又不是走江湖的医生，送的什么旗？那是野医才需要的东西。病治好了那是你的命大，该治好的。礼带走，旗带走！"说完就准备挎着他的药箱出门。李婶两口子拽住他不依："你说的不对。我这条命是你给的。我要是死了，这个家还不得败喽？撇下几个儿女谁管？"父亲急得在院子里转开了圈儿，搓了半天手之后说："那好，东西和旗我收下了。"李婶两口子这才抹了抹泪笑起来。不料父亲又说："你们看病花了那么多的钱，还拆了房子，欠我的300多块药费以后就别再提了，今晌午还得在我家吃顿饭。"李婶和李叔就又一个劲儿地抹泪。抹完泪李婶又瞅着那只破药箱说："多亏你挎着这药箱没明没夜地往俺家跑，要不……"她眼圈儿又红了。

李叔这时已亲自把那面锦旗挂到了父亲的诊所的墙面上，端端正正的。

我记得那天父亲又破例喝得大醉。酒醒后，他默默地对着那面锦旗看了半天，摘下来，让母亲锁到了箱底。

那天晚上，我怀着一种复杂的心情，第一次打开了父亲的药箱：箱子的上层是分了格的一个木盘子，做得很精致，外面还裱糊着一层白布，上面放着注射器、听诊器、镊子之类最简单的医疗器械，还有七八种小玻璃瓶子，里边是白白绿绿的各种常用药片儿和他自己配的药丸药面儿之类。盘子下面整整齐齐地码放着"庆大"、"氨比"之类的药盒子。我盯着那些东西愣了半晌。这就是父亲背了二三十年的东西？药架上摆的都有，他为什么还这么珍爱呢？父亲是怎么凭着这普普通通的药品治疗好了一个又一个的顽疾的呢？我越发感到父亲的高大以及这药箱的神秘了。父亲在别人的心目中是很受尊崇的，便在现实生活中他却无疑是个苦行僧，生活得那么辛苦、紧张，却又超然和淡泊。他钟爱的是什么呢？是他的病号？是这些普普通通的药品？抑或是这个老药箱？它却早已破旧得补了好几个补丁，而且背带也接了两三节了……

我沉思着，怀着虔诚的心情把那些东西一一照原样摆放好，生怕有一丝与原来不同，心里又滋生出一种儿时才有过的那种崇敬和崇拜，对这药箱，也对父亲……

我终于也没能子承父业，辗转到省城干了几年装饰公司，后来又到一家杂志社找了份工作。这期间，我们兄弟姊妹几个已相继结婚成家。父亲仍然背着他的那只旧药箱在老家的乡间小路上，走街串巷，早出晚归。我已不能再厮守在父母膝下了，只能在春节期间才能携妻儿回家一趟。每次回家，因为久违的缘故，竟也开始珍爱那只破旧的药箱子了，少不了又郑重地把它打开，把里边的东西一一拿出来，再一一放进去。我沉醉在这个简单过程中的感觉。在这个简单的程序里，我似乎在翻一本书，在阅读父亲的人生沧桑，在阅读这个简陋、破旧的药箱里的丰富内涵。

但我每次却都在箱底发现厚厚一沓未付钱的药单，我于是每次都问父亲。他总是像想起什么似的，不知又从哪儿拿出更厚的一沓来，然后极认真地把那些药单整理一遍，从中挑出十之七八，拿在手里对我说："账不过年啊！他们都很穷，算了吧！"然后就开始叹气，接着就会划一根火柴，慢慢地把它们烧掉——几乎年年如此。

我私下里曾算过两次账，每次他烧掉的药单总额都不下一两千元。这时我才弄清楚了，父亲辛苦了这大半辈子，别的同行早就富得流了油，而我们家，未开诊所前自不必说，开了诊所也仅仅才能维持日常开支，即使有点儿盈余，父亲也拿去买了紧俏的药品。

算完账后，我长长地叹气。我再次看见那背着药箱的老父的背影，心里就滋生出一股不可名状的酸楚……

有段时间，随着政策的转变，乡级医院的"神医国手"们都不失时机地辞职回家，办起了私人诊所，发家致富去了，乡医院的工作几乎陷入了瘫痪。而父亲却不知怎么想的，经不住

青春的边沿

两家乡医院的院长三番五次地登门，居然同时受聘于两家医院，每天早上8点之前都骑着自行车到十里之外的那两家医院，一替一天，轮流坐诊。回到家里时，却总有一大帮病号或病号家属在家里等着他。于是，诊断、拿药、打针，甚至还得出诊，等坐到桌前去吃晚饭时，十之八九已过子夜了。我曾私下劝过他几次累不累，父亲总是笑笑，问得急了他才会扔过来一句话："是病都不等人，耽搁不得。人家冲着我来了，我咋办？总不能吃饱睡足了再去处理，那还是个医生？"

我哑然了。可每当我想起那个风雪交加的寒夜，再看看父亲日渐衰老的背影，心里总会升腾起一股莫名的忧虑。

我在省城待了近十年，父亲仅来过两次：一次是给体弱的母亲检查身体，一次是陪护一个紧急病号转省医院。我和妻子想留父亲多住些时日，也好尽些歉疚的孝道，同时也趁机让父亲歇息几天，但他连来带回从未超过3天。事情一办完，就急着要回家。我们一阻拦，他就开始数落：谁谁家我来时正输着液，谁谁家的药该服完了，不知病情咋样；两个医院我不去上班，中医诊室没人坐诊；地里种的药材也该管理了，不然，会白搭一年工夫的⋯⋯

我无话可说了。父亲已苍老了许多，头发几乎全白了。瘦削的身骨已稍有驼背，走路也不像以前那么轻快、矫健了——他才刚刚50多岁啊！

第二次送走父亲的那天夜里，我做了一个梦：父亲的药箱烂了，他提起来看了看说："现在的病号早叫我治完了，还留它干啥？"便顺手扔进了村子中间的那条小河里。药箱碎成了几片，随着河水漂走了。父亲连看都没看，也像城里退了休的老爷子一样，戴着太阳帽，叼着香烟，悠闲地在树荫下垂钓。我喊了一声："爸！那可是您挎了大半辈子的药箱啊！怎么说扔就扔了？"接着嗵的一声扑进了河里，伸出手去捞那只已碎成几片的药箱。它一浮一沉的，我怎么也够不到。我呛了一口水……

醒来后，我再也睡不着，一支接一支地抽烟，呆坐了半天，推醒了妻子："天亮了你去买个药箱，拣最好的买，再托人给爸捎走。这事儿快点儿办！"

妻茫然了，似乎没听明白我这没头没脑的话是什么意思……

年底回家时，我却发现我们花了300多元买的新药箱，父亲没动，干干净净地挂在墙上。他用的依然是那个补了11块补丁、背带接了四节却依旧擦得干干净净的老药箱！

我愕然了，问母亲，她说："你爸用了两天，说你买的药箱好是好，还是牛皮的，可就是锁呀扣呀的太多，没有他的老药箱用着方便。你爸还说，换了新药箱，连药都不知道该往哪儿找，不习惯，所以就又换回来了。"

我望着一尘不染的新药箱，又望了望屋子里琳琅满目的药架，坐在那里发呆……

那年交学费
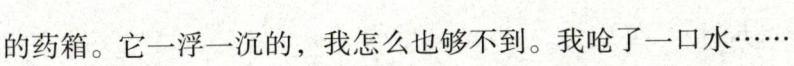

春节过后，新学期开学了，两个儿子都要交学费，一伸手，就拿走了我两个月的工资。而我，却坐在静静的办公室里，回忆起了30多年前，我和我的弟弟妹妹们为了新学期的学费而发愁的一段苦涩往事……

那一年，麦假结束了，学校如期开学。父亲在县城住院，母亲也因陪护父亲而不在家。他们临走时没留一分钱，已上五年级的我和妹妹弟弟已不止一次被老师赶出校门。妹妹又哭着回家了："哥！不交学费老师不让上课，人家的新书都发了，

青春的边沿

咱咋办啊!"

我们兄妹3个的学费一共要6块5毛钱,父母不在家,我到哪儿去弄钱啊! 12岁的我第一次因为钱失眠了……

村里来了个补塑料壶的。我着了魔似的跟在他后面看了一天,隐约感觉到我们兄妹3个的学费似乎有希望了。等我确信自己已把这套技术"偷"到手后,就连夜开始准备了。准备了两天,我吩咐妹妹照看好家,就和弟弟抬着一个小火炉趁天没亮出发了。

转了两个村子,也没揽到一宗生意,因为我实在张不开口像那位"师傅"似的喊:"补塑料壶喽——"村里的人以为我们是两个淘气的孩子,甚至还有人劝我们:"小孩儿不能乱玩儿火啊!"

眼看中午了,我和弟弟已是饥肠辘辘,走到一片瓜地旁实在走不动了。弟弟望着满地的大甜瓜直咽口水。这时,那位看瓜的老人走了过来,打量了半天问:"大晌午的抬个火炉干啥?"

不知咋的,我像受了委屈,鼻子酸酸的,断断续续地向老人说了一遍我家的事儿。没想到老人听完后说:"好小子,有志气!走,进瓜棚里歇会儿。"在瓜棚里坐下后,老人摘了好几个面得裂了口儿的甜瓜,我和弟弟狼吞虎咽地吃起来。

老人坐在一旁一边敲着旱烟袋一边说:"这么小就知道挣钱养活自己了,不简单啊!可是你得吆喝呀,你不吆喝人家知道你是干啥的?"

下午,老人领着我们回到他们村,满村跑着为我们揽生意。不一会儿就有人送来了十几个烂了洞的塑料壶。

谁知道,想着那么简单的事儿做起来却不容易。按"师傅"那样把塑料熬好了,也摊到了漏洞上,等拿玻璃片儿去压光时,不小心让滚烫的塑料糊粘到了手上,疼得钻心。不大一会儿两只手布满了烫伤的水泡,我咬着牙强忍着。

四周站满了看热闹的人,他们边看边议论着我和弟弟。一位大娘走上去托着我的手说:"孩子呀!能补住不漏就中了,光不光的不要紧。你看你的两只手……"听了这话,我的泪忍不住落到了两颊上……

晚上收工时,已经补了十几个塑料壶。不管大洞小洞,每个两毛。我掏出口袋里的钱数了数:才3块多。天已经黑了,还有几个没补完。临走时,那位看瓜的老人把我们弟兄俩送到村头说:"明儿还来吧,我再给你找点儿活儿。"

那时候小,竟连个"谢"字都不知道说……

3天后的晚上,我又数了数藏在枕头里的一大堆零零碎碎的钞票:21块6毛钱。第一次有这么多钱,我激动得一夜没睡好,放了好几个地方都感觉不保险。第二天早上起来,除掉我们的学费,剩下的我全部交给了叔叔。我想了一夜,感觉还是大人保管比较安全。叔叔把钱收起来后,我又说:"叔,你到集上割点儿肉吧,俺从俺爸住院都没吃过菜。"叔叔看着我烫得满是燎泡的双手,使劲儿点了点头。

学费交了,老师自然也让上学了。下午放学,叔叔买的两斤肉也送来了。我拿着刀割下一块,让弟弟送到了叔叔家。妹妹望着剩下的一块问:"哥,咋吃啊?"

我想了半天说:"包饺子!"

再给老师背课文

我正在焦头烂额地忙着,传呼机突然响了:"郭建新请您速回电话……"

青春的边沿

哦！是我高中时的班主任老师来了。我把手头的工作交代了一下，就急匆匆地下了楼。

郭老师早就从讲台上走下来了，听说现任老家黄陵镇教办室副主任。这么多年没见，他肯定老多了……

把郭老师接回来后，我立即抄起了电话。孙中、刘恒增、贾共伟、郭建军……在郑州工作的同学我几乎都通知到了。

郭老师见我忙得一头汗，在一旁说："他们都忙，我也没啥大事，别影响他们了。"

把郭老师要办的事尽力办妥后，我们又商定晚上在一家还算可以的酒店里招待他。

开始吃饭了。我们都极热情地劝郭老师吃菜，给郭老师敬酒。离开学校16年了，我们都尽情地向老师表达着内心的崇敬。印象中他的酒量不行，几杯喝完，郭老师的脸就开始发红了，但他对我们敬的酒却不推辞，一杯接一杯都喝得干干净净。

等我们喝完第一瓶酒时，我已感觉刚才那种因拘谨而隐约地折射出来的"代沟"已不复存在。

服务员小姐把音响打开了。当年的同学孙中拿起了话筒："亲爱的同学们，我们敬爱的郭老师莅临郑州，我们十分高兴。教师节马上就要到了。祝愿我们的郭老师和天底下所有的老师们永远快乐，永远年轻！"接着，他唱了一首《好人一生平安》。一曲终了，郭老师的眼睛里亮闪闪的，等大家安静下来，他说："看到你们生活得都很好，我很高兴。当个老师，不管走到哪里，只要能见到自己的学生，就很满足了。今天晚上，作为你们的老师，我感到很幸福；但是，你们太浪费了，这顿饭恐怕得上千元吧。太可惜了，太可惜了……你们忘了啃窝头、吃咸菜读书的时候了？"

"我们没忘。郭老师，您当年没日没夜地教我们知识，我们只是想表示一下当学生的心意！"已经是一家广告公司董事长的刘恒增急忙接上了老师的话茬。

"我吃得不踏实啊！家里还有多少学生连学费都交不起呢。你们的老师不是外人，这样花钱……"郭老师盯着那桌上的菜，像是在自言自语。

我们都沉默了，识趣的服务员也关了音响。

良久，我走过去说："郭老师，我是您印象里最不争气的学生。马上就是您的节日了，我想了一句话，送给您和所有教过我的老师吧！"服务小姐拿来了纸和笔，我写道："有姿立天地；无意伴风云。"

等郭老师把那片纸叠好放到了口袋里，我拿起了话筒，什么也没说，唱起了《童年》。慢慢地，会唱这首歌的同学都随了上来：

"……一寸光阴一寸金，老师说过寸金难买寸光阴……"郭老师的眼睛紧盯着荧屏，嘴角一动一动的，似乎也在跟着我们唱这首遥远的《童年》……

等大家的情绪都平静了，半天没说话的刘恒增给老师倒了一杯茶说："郭老师，您当年教我们的语文课我还没忘呢。我给您背一段课文吧！"他蹲下来，扶着郭老师的膝盖开始背诵："太行、王屋二山，方七百里，高万仞。本在冀州之南，河阳之北……"

循着刘恒增朗朗的声音，仿佛有一种氛围把我们带回了那久违的课堂。此刻，我们的心灵又像少年时那般质朴和纯净。不由自主，我们都回到了那个神圣的讲台下："操蛇之神闻之，惧其不已也，告之于帝……自此，冀之南，汉之阴，无陇断焉。"大家一丝不苟、一字不差地随着刘恒增背完了《愚公移山》。

房间里静得没有一点儿声音。郭老师已经站了起来，那神态，就如同当年站在三尺讲台一样年轻，但他的眼睛里溢满了泪水……

青春的边沿

三好学生

　　上高二时的那个冬天，快要放年假了，有一次晚自习前大家得到情报，班主任郭老师要在两天后的早自习课上公布本学期"三好学生"名单。我和同班的马文强自知郭老师经常斥责我俩是羊群里钻进来的黄鼠狼，数我俩个头小数我俩赖，因而想当"三好生"肯定无望，于是我们不管别人脸上的阴晴变幻，只顾在教室里嬉闹。

　　刚趁马文强不注意用粉笔在他后背上飞快地画了个小乌龟，就有快嘴者及时告密。马文强自然要报这一"画"之仇，怎奈他个头长得比我还可怜，刚交手不大一会儿就落荒而逃。我因被偷袭了一个"屁股蹲儿"自然要穷追不舍。于是，本来安安静静的教室，就让我们俩闹得鸡飞狗跳。同学们暂时把"三好学生"的事儿搁到了脑勺后头，纷纷一脸坏笑地怂恿我"追穷寇"。得到了群情支持的我勇气大增，一气儿在教室里把马文强追了个丢盔卸甲。

　　不知道哪个不安好心的家伙暗中使了个绊子，正一鼓作气要大获全胜的我痛痛快快地摔在地上，坐在那里咧着嘴直吸凉气，等回过神儿来去找马文强时，哪还有他的影子！

　　我断定他一准儿逃出了教室，便就近凑到一樘窗户前想看个究竟。夜色中窗台下面有颗脑袋在晃动。嘿，这家伙，蠢得躲到这儿来了！我返身冲教室里的同学们做个鬼脸，伸出右手，"啪"地一掌下去，劈了个准确无误。

　　那颗脑袋猛地抬了起来。天哪，是郭老师！

　　我想我那会儿的脸色肯定由黄变红、由红变白了，反正两条腿开始"筛糠"了。

郭老师使劲儿揉了揉他那双高度近视的眼泡儿，凑到我面前看清了我的五官后，笑眯眯地问："你见我眼镜啦？"

原来，他是弯着腰在窗台下找眼镜！

"郭老师，给，我俩都替你找半天了！"鬼才知道马文强这小子从哪儿钻出来了，手上竟捧着郭老师那副黑框儿眼镜，趁郭老师戴眼镜的工夫，还一个劲儿地冲我挤眼儿。

"谢谢你们，谢谢你们！"郭老师戴好眼镜后，昂首阔步走进了教室……

你绝对想不到，那学期仅有的4个"三好学生"名额，我和马文强就占了一半儿。

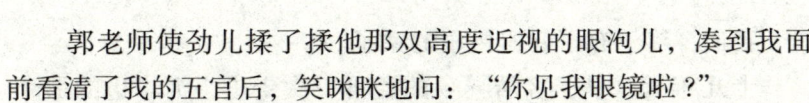

遗落的家园

故乡的村头有一条小路。小时候，大人们说：这条路通向县城、通向省城、通向京城、通向远方……于是，那个时候，我就渴望顺着那条小路，去看看县城、看看省城、看看京城、看看远方。我那时想：远方一定很美好。

长大了，我终于看见了远方——并不像儿时憧憬的那样美好。于是，身在远方的我时时回望家园，回望连接那条小径的来路。这时我才发现，在梦里，我的心永远守望着图腾一般的家园……

那还是在十几年前，我与妻儿从父母的羽翼下刚刚独立出来，在故乡穿村而过的小河边，建起了3间一丈多高的瓦房。那时，我望着自己千辛万苦、用汗水摔出来的一砖一瓦而筑成的小巢，心里曾很是安慰了一阵子。

青春的边沿

我们，终于有了躲避风雨的家了。

十几年后，早已客居异乡的我再一次走进小河岸边的那个院落，河水依旧缓缓北流，树木依旧郁郁葱葱，只有那座无人居住的瓦房，历经十几年的风霜雪雨，苔痕斑驳、门枯窗朽，已显出老态……

邻居傻大伯看我在自己的房前独自留恋，走过来，陪我前前后后看了一遍说："这房，没咋住人就成这样了。该扒了、该扒了。你把它扒了，再盖一座小洋楼，再把院墙拉起来，就像个家啦……"

听了傻大伯的话，我心里忽地一沉！这么多年了，这座瓦房孤孤单单地立在这里，日夜等候着她的主人归来，而我真的来了，第一次与人议论的话题居然是要把她扒掉？多少年了，我竟没有想起来也像这座瓦房的四邻那样，去为她垒起一道院墙，檐前屋后再栽上几棵槐榆杨柳与她为伴？真的这么做了，我的老屋独守家园，也不会这么孤单！而且，在她的脊头被狂风扫落、檐瓦被树枝挂掉、山墙被路人污损之后，也从来没想过给她修缮一回……

是我遗忘了曾经为我们遮风挡雨的老屋？是我遗忘了昔日天堂一般的家园？

傻大伯去忙他的农事了，我仍呆呆地站在我的瓦房的屋檐下，回想着她的历史……

她还没建成时的1985年的腊月二十九，刚满20岁的我，就懵懵懂懂地迎娶了长我3岁的妻子，一下子由一个少不更事的毛头小子，变成了一个有家有口的男子汉。过完春节，贺喜的客人散去，父亲便把我喊去说："你已经成家了。你是老大，早晚都得分出去。宅基地早就给你要下来了。有智吃智、没智吃力。你得想办法盖你的房子、安你的家！"父亲说完这几句话，把指缝间掐着的烟蒂掷在了地上，我那时却觉得他把一个天大的责任掷在了我的肩上。

什么安身立命的本事都没有的我，开始寻思去"没智吃力"地完成父亲交付的使命了。我找到父亲唯一的弟弟、我的叔叔商量，想跟着会轮瓦坯的他下苦力，打砖坯、轮瓦坯、烧个窑，这样用自己的力气换来的砖瓦盖房子，会比买来的便宜得多。

叔叔却不屑于与我合作。因为我那时在街坊邻居眼中是个光知道捧着书本"瞎看"、然后再对他们"瞎喷儿"的家伙。干力气活，尤其是被称之为"打坯垛墙，活见阎王"的这一类的玩儿命活，我根本没那个能耐。平时在地里干农活，我哪怕累得要死，他们仍然会一脸讪笑地叫我的外号："老滑头"！弄得我再拼命下力气去干，也无法挽回他们对我的固有成见。因而，叔叔对我的不屑自然有他的道理。

经过父亲从中做工作，叔叔这才勉强答应跟我合作，但条件是：我二弟也必须加盟。我二弟体格比我好，力气比我大，叔叔对他的信任度比我高得多。而且，叔叔只负责往坯斗里摔泥、站瓦架前轮瓦之类的技术活，而我和弟弟，则负责上土、担水、过泥、端砖坯端瓦坯、架砖坯架瓦坯等所有的力气活。然后，烧砖窑需要的投资两家平摊，烧出来的砖瓦两家平分。

我们生产队的那个窑很大，一次可装进去 3 万多块砖坯。我当时盘算着，只要这一窑砖瓦能烧出来，分出二分之一，就足够我盖一座在当时很不错的房子了。因而，我便踏踏实实地跟着叔叔干起来了……

累，自不必说，因为有一种希望在心头，而且为了给我盖房，把弟弟也搭进来，不能再出去为家里打工挣钱了。所以，我天天晨起暮归，哪怕把胳膊腿累得肿起老高，腿疼得路都走不成，也不在父母和叔叔以及街坊邻居面前叫苦。然而，一季的重活干下来，一窑砖瓦在麦收后也烧成出窑了，叔叔依然没有改变对我的看法，街坊邻居们见了面依然叫我"老滑头"。我有点儿蒙受不白之冤的感觉,私下对妻子说:"我自己再打一窑的坯!咱谁也不跟他们合伙儿了。"

妻子很支持,我们于是开始跟父母商议。父亲听了我的想法很吃惊,说:"你想自己烧个窑这中!但凭你自己的力气,恐怕拿不下来这么大的活儿吧!你们先翻土吧!土翻够了再说……"

因为我身单力薄,连父亲也信不过我,但他毕竟同意了我的计划。我和妻子就翻土。所谓"翻土",就是把家里分的长不成庄稼的责任田上面的、黄河泛滥带来的黄细沙土挖起来,把两米多深以下的、可以制作砖坯的红黏土翻出来,再用架子车一车一车地拉到二三里以外的打麦场上。

我和妻子没明没夜地干了一个多月,有经验的邻居说我们翻的土足够打一窑坯了,我们才停了手,休息了几天,做了做准备,随即开始了下一步的工作。

打麦场相邻的小河里干枯着,没有打坯急需的水。我用了一整天的时间,在河底挖了一个3米多长、两米多宽、一米多深的"土井"。第二天,便用这个"土井"里渗出来的半坑水洇上了第一场坯的土……

我和妻子已经开始一麦场一麦场地打坯了,父亲仍对我信不过,他劝我说:"如果实在累得受不住,就停下来吧。不中了也找一个曹县过来的人,我问过了,雇他打坯,二厘一个,咱家还出得起这笔钱。"

听了这话,我心里涌上一股悲哀。我对父亲说:"你请人打坯,一窑砖要600多块钱。你把这些钱割成肉吧,只要我能吃好,我就能把这一窑坯打出来!我不信我打这一窑坯能吃600多块钱的肉……"

父亲拗不过我,就不再阻拦我了,只是吩咐母亲尽快改善家里的生活。第二天,母亲就开始包饺子。至今我还清楚地记得,那天中午,打了1000多块坯、饿极了的我,一气儿吃了6碗饺子，居然不知道母亲忘了往饺子馅儿里放盐！

到该收秋的时候，我已经打了1万多块坯。父亲望着一架一架的坯摞，终于相信我也许真的能把这一窑的坯打够。

收完秋、种上麦，我和妻子又开始忙了。我计算了一下时间，离天寒上冻不足两个月，而我才打了不足一半儿的坯。要想在年前把这一窑砖烧出来，平均每天必须干够1000块，才有可能达到目的。于是，我早上天不亮就赶到坯场里，把头天晚上泡上的土和成泥，再倒上一两趟坯，天才放亮。下地干活的乡邻们从场边走过，往往送过来一双诧异的眼睛，再送过来一句话："不要命啦？"晚上，大都已是满天星斗了，我还在夜的怀抱里架坯、担水……

妻子给我统计过，我那段时间一天从来没睡够过6个小时，妻子那时也已经怀了儿子六七个月了。她挺着活动很不方便的身子，仍日复一日地帮我担水、过泥、架坯……所有的力气活她都毫无顾忌地跟我争着干，实在没有她插得上手的活了，她就蹲在一旁陪着忙忙碌碌的我说话。

坯架越来越多了，我心中的希望也离我们越来越近、越来越清晰……

天渐渐冷了，时令已到霜降。我算了算，还差4000多块儿坯，不够一窑。父亲劝我停下来，等来年开春天暖了，再继续干也不迟。我没有说什么，第二天一早，又去了坯场里。

那年的冬天似乎来得特别早，刚到农历十月中旬，就开始下霜。凌晨摸着黑、脱了鞋，脚一沾地，寒气便透过脚板，刺入骨髓。一脚踩在泡好的湿漉漉的土上"过泥"时，能听到细微的"咔嚓咔嚓"的声音——那是表面结的冰被我踏碎的声音。听着这响声，我不再觉得跳在泥巴中的双脚寒冷了，只是在心里着急：这样的天气，万一再吹过来一场北风，就会天寒地冻，我的愿望就只能等来年才能实现了……

第一辑 梦里杏花开

青春的边沿

等父亲把烧窑用的一卡车煤炭从焦作买来的时候,我的一窑坯也终于打够了!而且,为了保险起见,我还多打了2000块儿。

最后一批砖坯在冬日的阳光下缓慢地蒸发着水分。抚摸着皲裂了一道道口子、稍一伸屈就疼得钻心、就会渗出血来的双手,我在旷野无人的麦场上,安静地在太阳下打麦场上,坐了很久……

其实那年老天还是十分关照我的。等我一块一块打出来的3万多块砖坯装进窑里,拉了一把鞭炮,窑灶里燃起让那些土坯脱胎换骨的熊熊火焰之后,一场北风即跟脚而来,接着,就下了很大很大的一场雪……

望着灶膛里升腾不息的炭火,我觉得一年来日夜憧憬着的希望越来越近——明年,我就可以有自己的房子了!

农历腊月二十九就是除夕了,那一年没有年三十。这一天也是我和妻子结婚整整满一年的日子。就在那个腊月二十九的上午,我和前来帮忙的亲戚、邻居,终于把最后一块儿瓦蓝瓦蓝的砖搬出了窑门。

下午,母亲说要干干净净、安安稳稳地过个年,我和妻子就把院门外的一堆农家肥全部拉到了地里。回来时,腆着大肚子的妻子说:"今年苦了你了。你坐车上吧,我拉着你,让你也歇歇胳膊腿儿……"哪知,妻子拉着我从街里招摇而过时,邻居们又纷纷骂我:"你小子有一点儿良心没?你媳妇都快生了,你连自个儿的媳妇都不知心疼啊?你不拉她就够了,还让她拉着你!你真是改不好的——老、滑、头!"

我心里正乐着,听了这话,差点儿从车上栽下来!

贴了对联,把水缸担满,把院里院外打扫得干干净净,除夕夜就来了。那时候家里没电视,只有一台收音机,一家人就围坐在灯光下,边听春节晚会,边在灯光下包饺子……

然而,我终于也没能像母亲说的那样"安安稳稳地过个年"。

凌晨两三点的时候,妻子推醒了正在做着酣梦的我,说她肚子疼,疼得受不了了!我一听,赶紧穿起了衣服,把母亲叫了起来。窗外,迎接新春的鞭炮声此起彼伏,我们一家人却急出了一脑门子汗。妻子肚子里的孩子"拦月",都怀了 11 个月了,胎大,难产!听着她一声紧似一声的呻吟,我心里像着了火,却又毫无办法。大年初一,上哪儿去找医院啊!

母亲和负责接生的二大娘忙忙碌碌地跑进跑出,急得满头大汗。父亲是个医生,他站在外间不时地询问着情况,不住地吩咐二大娘和母亲采取一些助产措施。但孩子仍然没有平安娩出的迹象。最后,父亲也没办法了,被邻居和尚叔拽去喝酒了……

下午 1 点 5 分,妻子挣扎了 8 个多小时,终于把儿子带到了人世间!我看着儿子一点一点地娩出,心里的焦虑一点一点地在消退。等到这小子"哇——"地对这个世界发出第一声谁也听不懂、但我却如闻天籁的啼哭时,我望了一眼面色苍白、气喘吁吁、却仍试图抬起头来想看看儿子是什么模样的妻子,一屁股坐在凳子上,浑身像抽了筋一样,酸软无力……

二大娘和母亲笑逐颜开地找来一杆秤,把哇哇地哭个不停的儿子称了称——11 斤 2 两!二大娘说,她接了半辈子的孩子,也没见过这么重的小子。这货,拦了一个月,单等着撞这个虎年头,长大了肯定有出息、有心计!

父亲正在和尚叔家心事重重地喝着酒,听飞跑过去的我对他报告说:"孩子生下来了,是个小子!娘儿俩都没事儿!"立即把筷子一放说:"好,好啊!好……"说完,端起一杯酒喝了个干干净净……

儿子满月了,春天也来了。我不时地望着那个一天一个样子的小家伙纳闷儿:我就这么为人父了?这个闹腾得我过了一个年,连饺子都没顾得上吃的小家伙就是我的儿子?他将来要给我喊"爸爸"?昨天,我好像还无忧无虑的,今天怎么就突

青春的边沿

然要对妻子、对这个将来要管我叫"爸爸"的小子负责任了？看来，父亲要我"有智吃智，没智吃力"地想办法盖自己的房子的决策是高瞻远瞩的。我有了妻子、有了儿子，算是成家了，却还没有属于自己的"家"！

把自己玩儿了一年命烧出来的砖卖了一半儿，变成钞票，从集市上买来白灰、木料、水泥等，又请了本村的一班工匠，我在父亲的运筹下，开始建造自己的家园了。六七天之后，一座一丈多高的新房，就耸立在那原是个大坑的、属于我自己的那片宅基地上了……

然而，那片属于我的宅基地上也仅仅是盖起了这座房子而已，我还没有来得及像四邻那样筑起一道院墙、盖一个气气派派的门楼、再盖一两座陪房，就扶妻携子离开了家乡，辗转几年，定居在了省城。我们仅仅在那座家舍里住了两年多，就把她孤孤单单地遗落在了故乡的黄土地上……

一阵风刮过去，旋起了老屋前的尘土和枯叶。我不知道我在故园的屋檐下坐了多长时间。我一直在想，我是故土家园的叛逆者吗？我为什么要离开这座耗费我无数滴汗水才建起来的老屋？

"你把它扒了，盖座小洋楼，再拉起一道院墙，就像个家啦！"我又想起傻大伯刚才说的话。连他也看不起这座老屋了！这是为什么？当初，她刚落成时，四邻八家都很羡慕啊！时过境迁，一切都在改变。房子四周的树木在成长，乡邻们的目光越过这座房子、投向了陆续建成的更漂亮的房舍。村落里一直没变的，只有这座瓦房的模样。

当初抛下自己的家园，决定叛离故土时，是觉得离开这方土地，处处都是天堂！现在，品味着傻大伯的话，我忽然明白：我再在这块土地上寻觅到的往事，其实是先民们对"家"的观念上的一种延续啊——

上古时代，以狩猎为生的先民们，随处燃上一丛篝火，搭起几根树枝，或随便寻个山洞，"巢穴而居"，随处、随时都可以安家。到了农耕时代，先民们傍水而居、渐渐转以耕作维生，才有了相对固定的家园。一代又一代的先民们老去，不知何时，"家"的观念植入了他们的灵魂，渗入了他们的血脉，代代传承。他们一辈子渴求的就是盖起自己的房子，建起自己的宅院，筑起自己的"家"！一旦拥有了自己的房子、自己的院落，先民们便固守着自己的家园，"恶商重农"，随土而安。除非是遭遇无法承受的天灾人祸，才会背井离乡、割舍世世代代繁衍生息的桑梓故土！

上下千万年，"家"的观念一直占据着先民们的精神和理想。他们在固守一座座祖先遗留下来的房屋、院落时，又在不断地建造着一座座新的房屋、新的院落，就这样一代又一代地抱着"立业""立家""守业""守家"的梦想，又一代一代地老死在家园的土地上，不再奢求其他……

我当初也是在秉承父辈的希望，才拼死拼活地期盼用自己"没智吃力"的方法，去延续这个梦想啊！

我的老瓦房，就是我当年所有的希望！然而，后来我却弃她而去了。因为，我终于觉得先辈们那个"立家"、"守家"的沉沉大梦做得太久、太苦、太累、也太长！就像一根无形的枷锁，把世世代代的祖先们拴在这个叫作"家园"的地方，束缚住了他们太多的希望、太多的憧憬和更大的创造动力！

于是，我终于做了这座老屋所标志的"家园"的叛逆者。于是，故乡便遗落了我曾经的家园！弹指间十多年已经过去，故乡的影子、这座老屋的影子，却在我回望家园的目光里越来越清晰。

在梦里，我时时回到这片厚土上，亲吻我一块一块地打出来的砖坯，亲吻我的老瓦房……

 回望故乡

整天奔波在水泥堆积成的都市里，我的身躯早已疲惫得如同一具没有情绪和灵魂的躯壳，我于是便时时想念那片我时时牵挂的土地。

五一节的长假，我回了老家，一个人。

我也不知道我为什么那么渴望回老家、回到父母身边。等7天的假期遗留在身后的时候，我返回这个城市的脚步还迟迟不肯迈出。

故乡的土地上有我的家园，故乡的家园里有我的爹娘，故乡的村落里有我儿时的伙伴，故乡的田垄上有我成长的脚印……

在梦里，我时常回到故乡；在今天，我真的回到了故乡。

我关掉手机，于是，我便与我混迹的那个世界隔绝了。7天的假期里，我"无丝竹之乱耳，无案牍之劳神"。

我躲在故乡的怀抱里，看天上的云彩，看老巷的寂静，看屋檐的滴水，看房顶的炊烟……

我走在故乡的小径上，听夜晚的蛙鸣，听田野的细雨，听小河的流水，听村童的柳笛……

我和父母围坐在灯光里，聊昔日的艰难，聊亲邻的家事，聊兄妹的前程，聊今年的收成……

下雨了，儿时的朋友们难得清闲，趁此机会，我们又像当年那样围坐在一起。三五个小菜，三两杯老酒，一圈儿的嘴巴里，吐出来的便是无拘无束的村言俚语。没有谁去考虑"逢人只说三分话，不可全抛一片心"的线装书上的古训。和着酒气，摊在桌面上的每一句话，都是酣畅淋漓的坦诚……

故乡的街衢，依稀还是儿时的模样。故乡的房舍，却处处

找不到儿时的印象。走出这片土地的我，变了，变得越来越颓废；遗留在这片土地的故乡，也变了，却变得越来越鲜活。

儿时的故事，遗留在家的老宅里，越来越遥远。相扶相搀的父母，固守在家的老宅里，增添着一缕缕白发。漂泊在外的日子里，我想念家园，想念这片土地，想念倚门等待儿女消息的父母……

在梦里，我时常叩响家门上那副古老的门环……

在梦里，我常常流着泪水，对着家乡的方向，说着梦话："人言落日是天涯，望尽天涯不见家！"

是谁说过：故乡，你要离她越远，她才最清晰；你闭目不看她，她才最清楚。这些天，我如同被异乡冰冻成的一坨冰块，又融化在了故乡的血脉里，离开她时，我真的找不到了返程的路……

坐在渐行渐远的长途客车上，我依依不舍的身躯里，早已褪去了来时的浮躁和疲惫。

如果你在异乡受了伤，只有回到这个永远的家，才能让你的伤痛彻底痊愈。因为老宅的门不会关闭，她永远为她的孩子敞开着。故乡的小路不会荒废，它永远为远离家门的游子通畅着。身在异乡的我，永远不会孤单，我的身上时时披着父母牵挂游子的目光。

那个熟悉而又陌生的城市越来越近了，我的心却越来越迷茫。我一次次扭过身躯，回望我敦厚的故乡！

第一辑 梦里杏花开

青春的边沿

 前方有鱼

　　头顶有一盏毒辣的太阳照耀着，万物都在打盹。河岸上的树木耷拉着脑壳，向酷暑低头。河床上匍匐的百草，蔫蔫地躺在那里，忍受着摧残。无数的蝉声嘶力竭地鸣叫着，听起来已经分不出远近疾徐了，只有嗡嗡的一片响……

　　这个时候，在一条刚刚退去潮水的河底，有一个十来岁的少年，斜挎着一个柳条编成的篮子，在软绵绵的、饱含水分的河道里四顾着行走。走一阵，便看见一汪水，于是，就卸下肩头的篮子，在水里用篮子捞来捞去。直到把那不太大的一汪水趟得浑浊得跟周遭的泥地一种颜色了，少年这才或欣喜，或失望地直起腰，继续往前走……

　　渐渐地，一坑又一坑的小河泛滥过后遗留下的水洼被少年趟过，少年手中的柳条上，就穿起了一条条鲫鱼、鲤鱼，还有鲶鱼、草鱼什么的，都不大，一拃长的样子。

　　少年很满足，仍在顺着河道往前走，寻找下一汪可能有所获的河水。

　　这个时候，少年往往已经陶醉在前方的希望中，忘记了头顶的太阳，忘记了旷野里的河道随时会出现的种种危险，忘记了从早上到下午还没吃饭。

　　太阳终于收敛了一天的肆虐，四周的光线越来越暗，少年这时才发觉天快黑了，这时才意识到自己该回家了，但他已经搞不清楚自己顺着这个河道走了多远……

　　于是，少年赶紧在黑夜中返回，一路小跑，气喘吁吁。一边跑，一边还小心翼翼地护卫着篮子里一串或者若干串一天的寻找后所得到的那些小鱼，心里还合计着，大的该让父母吃，小的该

让弟弟妹妹吃。而少年自己，吃不吃鱼已经无所谓了，少年已经完全沉醉在对前方的希望的追寻后所获得的成果的成就感之中了……

这个少年就是 20 多年前的我，那条河就是从我故乡穿村而过的陶北排——一条人工开挖的、发源于黄河，最终又注入黄河的排水河。

这样的场景在我的少年时，几乎每个夏天都会重演，而每次我忘乎所以地在大水过后的河道里追寻前方的希冀后，疲惫地回到家里，往往会遭到父母的呵斥，甚至挨揍。但在下一次河水回落后，我依然如痴如醉地悄悄溜出家门，去寻找满河泥泞中、前方的希望……

我那时执拗地相信，只要你顺着希望之河一直寻找，前方，就一定有鱼，等着我去捕捉。

多少年过去，我在前途迷茫的时候，总会忆及少年时这些往事，总会被当年自己对希望的追寻而感动，然后，再从这种感动中获得动力。

我一直相信，只要一直顺着希望之河执着地行走，前方，就一定有鱼！

于是，我就这么一路走过来了，直到现在。

梦里杏花开

小时候，到该脱下棉衣的时候，母亲总是说："村南的杏花都开了，天暖和了，天暖和了……"我便脱去沉甸甸的棉衣棉裤，跑到村南去看那棵老杏。

青春的边沿

那棵老杏树，不知道是哪个祖宗栽下的，孤零零地立在村南的荒径旁，被过往的车辆碰撞得浑身疤痕的树干，我和两个伙伴扯起手来还抱不住。全村人知道春天来临的信息，就是从它的枝头冒出的一个个欲绽的蓓蕾开始的。

我站在树下的时候，仰望着硕大的、开满粉嘟嘟的花团的树冠，往往觉得这美丽与我没什么关系。我总是把手指含在嘴里，畅想三五个月之后的"麦熟杏儿黄"的时节，这满树的花儿变成一个个黄澄澄的熟杏子的美景。一般这个时候，口水就会把母亲给我绣的花兜肚淌湿半截。而母亲却总是央人攀上老杏树，折下一束蓓蕾比较多的花枝来，拿回家去，用家里那个乌黑发亮的粗陶瓦罐，盛半灌清水，把那束杏花宝贝似地插进去，放到老屋可以见到阳光的土窗台上。这杏花，便可以陆陆续续开上月余，直到所有的蓓蕾都绽放了，才慢慢枯萎。我于是每天早上睁开眼睛，就可以看到窗台上的那束花又有多少个花骨朵张开了五瓣春天的笑脸。但那时，却丝毫没有觉得这粗陶瓦罐里的杏花，应该开放在我家的窗台上，它们应该安安生生地缀在老杏树的枝头上，那样的话，我到收麦后，还有希望能多吃上几粒杏子。把这样的心思说给母亲的时候，母亲却往往笑笑说："傻儿子，杏花是给人报春的，杏是给人吃的。吃杏子哪有看杏花要紧啊！"

长大以后，我读到了"杏花，春雨，江南"，读到了"小楼一夜听春雨，深巷明朝卖杏花"，读到了"满园春色关不住，一枝红杏出墙来"等诗句，才明白了母亲当年所说的"吃杏子哪有看杏花要紧"的道理——人的精神需要在有些时候，是大于物质需要的，比如说当年领着我们度过漫长冬天的母亲，看到满树杏花开的时候，她那个时候，肯定是极想让粗陶瓦罐里的杏花四季盛开的，但二三十天之后，母亲叹着气把那些枯萎的花枝很惋惜地从粗陶瓦罐里拔出来时，这美丽了一季的花儿，已经是"零落成泥碾作尘,只有香如故"了。而我再嚼着手指跑去看望那棵老杏树时,已经发现有了接近我期望的消息——老杏树的枝头上,已经"花褪残红青杏小",躲在翠绿翠绿的叶子里,诱惑我淌出更多的口水了……

儿时的我对于杏花的美丽视而不见,总想着用花期过后的果实满足自己刁馋的胃口,等娶妻生子、远离故乡、开始怀念那棵老杏树时,已经迟了。实行生产责任制之后,那棵老杏树分给了一户人家,于是他们家便把这棵杏树当成了一年当中家庭收入的一份希望,但村子里像当年的我那样馋嘴的孩子们,却总是趁着他们家人不在的时候,去偷偷打落那些藏在枝叶间尚未成熟的青杏解馋,后来那家人一恼火,索性把老杏树伐倒,卖给了一个木匠打成了家具!我再想寻芳,已经只能站在曾经美丽过全村人家的土窗台的老杏树的遗址上,怅然地凭吊了,而母亲当年插花的那个粗陶瓦罐,也不知何时,在家里怎么也寻不见了。

我把我的心思再说给母亲时,母亲却说:"那么大的人了,咋还想这些陈芝麻烂谷子的事儿?老杏树砍了,是可惜,可那破瓦罐有啥稀罕的,现在谁还用它?早摔烂八瓣儿不知扔哪儿去了……"

我便悻悻地仰着脸,看老屋屋脊上飘过的云彩,不再说话。

但返回城市之后的无数个梦里,我却时常回到那棵老杏树下,仰着脑袋细数枝头的花朵;也时常在梦里蓦然看见我家现在的水泥建筑的窗台上,有一个粗陶瓦罐,里边插着次第开放的杏花……

这样的梦境多了,我便得出结论,有些从前没有珍惜的遗憾,你只能在梦里去弥补——比如那永远也不可能复生的老杏树,永远也找不回来的粗陶瓦罐……

第一辑 梦里杏花开

青春的边沿

年年祭灶

　　京杭大运河西侧的这座高层建筑周围，不是"禁放区"，18层楼高的高度，视野很好，于是一到傍晚，我便会看到窗外有远远近近的爆竹烟花升腾、炸响，远远近近、疾疾徐徐……

　　性急的人等不到大年初一，就开始释放过年的气息了。我于是便时时被他们提醒：该回家了。回家陪着父母、妻儿，过年。

　　今天是腊月二十三了，祭灶。"腊八、祭灶，大年来到；闺女要花，小子要炮……"小时候学会的童谣，到现在还没忘。那时候到了祭灶这天，就觉得"年"已经伸手可及了，就开始数着手指，等着大年初一这一天被街坊们起早燃放的鞭炮从热被窝里炸出来了。

　　这些年走的地方多了，发现有些地方，比如郑州，那些性急着过年的郑州人的祖宗们，称祭灶这天是"小年"。我老家的祖宗们也许不这么心急，把"小年"放到了过了初一之后的正月十五，与元宵节、灯节混在一块儿过。腊月二十三这天，就叫"祭灶"。小时候听大人们说，无论离家多远的游子，在祭灶这天的晚上，是一定要赶回去的。"自己的灶门，不能祭在了外边"。不然，来年就会饿肚子。那时候仰着脸儿听大人们说这话时，发现他们是很郑重其事的，所以，就牢牢记在了心里，之后不管自己离家多远，总要想办法在祭灶之前，赶回父母身边，看着妈妈很虔诚地把旧年的那张贴在灶台前的、供着身着胡服的灶爷、灶奶奶的画像揭去、烧掉，然后再"请"上一张版图不变，只是墨色很新的灶爷像，再把当晚做的饭——一般都是玉米粥或者小米稀饭——先盛上一碗，供在灶爷、灶奶奶画像下，嘴里不住地念叨："灶爷哎灶奶哎，你老上天言好事,下界报平安喽……"念叨完了,再把那些玉米粥、小米稀饭,用筷子挑起来一些,抹在灶爷的脸上。

我不解,曾很好奇地问母亲,好端端的灶爷像,干吗刚贴上,就弄脏它?母亲就会很耐心地给我说,灶爷在腊月二十三这晚,吃饱喝足了,就要飞到天上找老天爷打小报告了。他会把今年家里所有的人、所有的事儿不论大小,不论好坏,都汇报一遍。所以如果那年家里有什么不好的事儿,就得用粥把灶爷的嘴给糊上,让他见了老天爷张不开嘴,说不成话,自然也就打不成小报告了;如果当年家里有喜事,那就不让他老受这委屈了,由着他爱咋说咋说去。

看来,"报喜不报忧"是老传统了,而且,无论是人、还是神,爱打小报告的家伙都让人得罪不得,却又不得不防着一手。

一年一年过去了,这样周而复始的仪式,我不知道见到母亲举行过多少次,渐渐长大后,也丝毫没有觉得母亲那煞有介事的样子,有什么不应该,或者是很做作的地方。有时候甚至觉得如果不拜灶爷的母亲,就不像是自己的母亲了。

我们汉民族,是个信仰多元化的民族,扳着手指数半天,也查不清老人们供奉的老天爷、土地爷、老灶爷、关老爷之类的"爷"们以及"奶"们有多少。我们的祖先,随便竖起一个泥像,就可以把它推举到一个很神圣的、高不可攀的位置上,而时时顶礼膜拜之。至于这位身着胡服的灶爷何时忝列仙班,依据画像上的服饰和传说考证,逆史上溯,不会远出蒙古人建立起来的大元朝。

本来大家都是活生生的人嘛,缘何他们一个个都跃入仙界,心安理得地享受起人间烟火来了?长了几岁搞清楚神仙们一个个的本来面目后,我曾经私下里很为在那些画像和泥胎面前谨小慎微、恭恭敬敬的母亲们抱不平。

后来又明白,这就是信仰。没有了信仰,母亲们就会惶恐,就会不知所措。比如过年前，如果不拜拜这位灶君，就觉得这个年落了什么大事情、缺少了很重要的一道程序一样……

其实我还看出，母亲在供奉灶爷时，实际上心里是很踏实的。因为儿女们都在身边，日子过得虽然贫寒，但是平平安安的。又是一年到尾巴上了，她就用自己的方式祈求来年依旧五谷丰登、依旧家宅平安。所以，有时候母亲把"请"新灶爷的事情偶然忘了，我还会在办年货时，顺便替她捎上一张。

窗外的鞭炮又响了一通，有电话打来，说是年前最后一期杂志已经顺利下厂开印，同事也去西客站定返家的车票了。

今年，我注定要把自己的"灶门"祭在外边了。明年，我真的会饿肚子？我决定敲完这些文字后，给等着我归家的母亲打个电话，问她家里灶前的灶爷像，换了新的没有？

第二辑 又听妈妈唤儿声

青春的边沿

又听妈妈唤儿声

养育了四男二女的妈妈一天天苍老了，岁月和艰辛给她遗留了一身疾病。经不住我家书及电话的再三催促，她才来省城就医。

那天，妻子有事不在家，妈妈就动手做午饭。我领着儿子在离家不远的铁道边上给他讲着"从前有座山……"之类的故事，忽然，耳畔响起了一声久违而又熟悉的呼唤：

"学哎——来家吃饭了！"

我的心里骤然涌上了一种亲切的感觉！离家十多年了，我又听到了这伴我长大的声音。我和儿子回过头来——妈妈倚在我住的院子的铁门框上向我们招着手。这熟悉的呼唤和这熟悉的身姿，曾无数次地出现在我儿时的记忆里，只是眼前的妈妈，头发开始灰白，身影也开始佝偻……

小时候的我，顽皮得出了名。那次潜伏在田垄里，计划等看瓜的二爷睡觉了好摸进生产队的瓜地里，去偷那个留做瓜种的大甜瓜。谁知道二爷还没睡，我却伏在田埂上进入了梦乡……

正做着抱住那个面得裂了口的大甜瓜狼吞虎咽的梦，悠悠的妈妈的呼唤似乎从很遥远的地方传来："学哎——"

我猛地惊醒了！擦了擦口水、揉了揉眼睛，才发现已是满天星斗。循着那声呼唤跑过去，妈妈正踉跄在田间的小路上，眼睛四顾着，却不留意脚下的坎坷！我怯怯地小声应了一声，就习惯地拽住了妈妈的衣角。妈妈喜出望外，蹲下来搂住我，忙不迭地问我是迷路了还是净顾了玩儿忘了回家了，饿不饿，冷不冷，却没有呵斥我一句。

那天妈妈从傍晚一直找我到半夜，几乎跑遍了所有我知道的地方。路上她跌进水坑，丢了一只鞋，膝盖上的那个大口子回到家还汩汩地淌血……

从那晚以后，我乖乖地老实了几天，并开始每次出门都对妈妈打招呼。

那时，爸爸在乡医院上班，一星期才能回家一次。妈妈带着不会走路的小妹每天都没有歇息的工夫，做饭、洗衣、喂猪，还要准时到生产队里上工。我和妹妹、弟弟他们，却只知道玩儿。于是，妈妈就断不了地满街呼唤着找我们，我家的小巷里就时常回响着妈妈那"学哎——"的声音。在妈妈的一声声呼唤中，我们兄弟姊妹一天天地长大成人了，我也读了高中。

我就读的封丘四中在离家6里多地的黄陵镇。同学们大都住了校，我也一样。逢星期天和星期三走路回家拿一回玉米面窝头，就着学校食堂里卖的稀饭或菜汤解决一日三餐。高二寒假前的那个星期天，我因星期一要考试而临时抱了一天的"佛脚"。没想到第二天上午，妈妈竟把馍给我送到了学校里。从来没有到过我们学校的妈妈当然不知道我在哪座教室，她就挨个地找，一声声"学哎——学哎——"地喊着，考场上的寂静使这尽管很小的声音也显得很响亮。我听到这熟悉的呼唤，条件反射似的"腾"地站起来跑出了教室。监考的教学老师跟出来，吊着脸训斥我没有举手就擅自离位，还粗暴地推着妈妈让她快些离开，说她也不看看这是啥地方就瞎喊，惊扰了考试谁负责任？

寒风中的妈妈怀里抱着用她的头巾包着的一兜馍，站在那里被数学老师唬得诚惶诚恐，连连道歉。数学老师仍然凶神恶煞，不依不饶。我气上心头就护着妈妈和他吵了起来。妈妈却平生第一次抬手打了我一耳光。

我觉得受了莫大的委屈，赌气跑回村里，躲着妈妈不回家。那天晚上，在麦秸堆里一直躲到天黑的我，又一次听到了"学哎——回家吃饭吧"的声声呼唤。我想起了小时候那个满天星

第二辑 又听妈妈唤儿声

斗的夜晚，想起了妈妈淌着血的膝盖和至今还留在那里的伤疤，泪水渐渐地模糊了双眼……

后来，我来到了这个繁华的都市里，整天为生存而忙碌着。城市的喧嚣渐渐淡化了儿时萦绕在心头的、母亲的声声呼唤，城市的楼宇渐渐隐去了妈妈那模糊的身影。如今，我在这都市的喧嚣里又听到了妈妈的呼唤。循着这耳熟能详的声音，我似乎找回了失落在故乡的小巷里、却在妈妈的呼唤中捎回的童年……

余香犹在的蒸槐花

我曾在一篇短文里说过：我永远走不进高贵的城市。面对繁华，我时常疲惫地走进梦境，在梦里，有一副古老的门环时常被我叩响，醒来后，我就渴望回家，渴望厮守在父母那支撑着多年沧桑的膝下，渴望重温赶着牛车、在夕阳下，循着母亲的呼唤回家的日子……

那晚，叩响那两扇熟悉的院门上那副老态龙钟的门环时，已是夜里9点。应声而来的妈妈的面颊在月光下透出了喜出望外的神色。

母亲忙不迭地打来洗脸水，捅开煤火坐上饭锅，才在灯光下打量我："白了，也胖了。城里的事儿忙不忙？"

母亲每次见了归家的儿子，几乎总要问这句话。

我一一回答着妈妈的问话，在温馨的灯光里和她聊到深夜。妈妈见了漂泊在外的儿子，似乎有说不完的叮咛和关怀，我陶醉在一片家的亲情里……

夜里，我睡得很香，很安稳。第二天早上醒来时，已日上三竿。

桌子上摆着4个家常菜和余温未散的馒头，煤火上坐着未动匀的稀饭。妈妈不知到哪儿去了。问爸爸，爸爸也不知道。

快到中午了，妈妈才乐呵呵地进了院门。胳膊上挎着一个篮子，脸上透着密密麻麻的汗珠。我上前接过篮子一看，里边盛着大半篮白白的、透着清香的槐花。

"你从小就喜欢吃蒸槐花，下午又急着走，我就赶着空儿去摘点儿，要不，又得等到明年这会儿你才能吃上。还不知你那会儿有没有空儿回家呢……"

我半晌无语。妈妈洗手准备吃饭了，我才发现她双手被槐刺挂了一道一道的血痕，走路也有点蹒跚。我托起了母亲的手："妈……"

"唉——老了。上不成树，又够不着；摞几块砖，又崴了脚。不中用啦——"妈妈轻描淡写地说着。我站在一旁鼻子酸酸的，想掉泪。

妈妈草草地扒了几口早已凉了的早饭，把家里最大的铝锅坐到煤火上，又拎起那大半篮槐花用水悉心地淘洗……

那顿蒸槐花我连吃了两大碗，很多天了，还余香犹在。多年的漂泊使我明白，我是咀嚼着乡村的泥土长大的，不论离家多远，那种槐花的清香拌着浓浓的母爱，都会让我珍视终生……

妈妈也追星

爸爸妈妈到昆明二弟那儿去，途经郑州。我们极希望父母多住几天再起程。正好赶上大礼拜，我推说卧铺票太难买，妻上街买了一大堆好吃的菜肴，把父母"困"在了家里。

第二辑 又听妈妈唤儿声

青春的边沿

大概是两三年没见到二弟一家的缘故，喜怒不形于色的爸爸倒没啥，妈妈有点儿待不下去了，直催我给帮我买票的朋友打电话。妻子变着法儿分老太太的心，也不奏效。我忽然想起妈妈极爱看戏，附近村上只要有戏开锣，不管有多远，她一定兴冲冲地去饱眼福。电视里只要有"梨园春"之类的节目，她会跟年轻人争得脸红脖子粗，也得调到她要看的频道上，不然，第二天老太太的胃口和脸色准会受影响。

想到这些我便有了主意，把家里"库存"的戏曲影碟全找出来，又到朋友家里搜罗一批，堆到爸爸妈妈面前说："这回不用您搬着凳子在戏台下面伸脖子啦，我给你放专场。想看啥，挑吧！"妈果然不着急了，爸爸也兴致盎然。一人一副老花镜，把十几张戏碟极认真地翻了一遍，最后一致决定，先看豫剧《朝阳沟》，理由是：俺们年轻的时候最爱看这出戏，后来拍成电影看了几回，就再也看不到"银环""栓保"了，除了电视里、收音机里，戏台上咋就见不着影儿了？

打开 VCD 后，电视机前的爸爸妈妈如入无人之境，全神贯注得连早饭都顾不上吃。等"银环妈"到朝阳沟跟"栓保娘"一块儿唱"亲家母，您坐下……"时，已是上午 9 点多了。

我以前拜访过电影里演"银环"的魏云老师，于是告诉妈妈："演银环的魏云我认识，几十年过去了，她如今也和您一样，是个老太太了。"

"你认识魏云？我不信！人家是多大的人物？会认识你？怕是门都不让你进！"妈妈根本不相信我这句话。她看我一脸认真地一再给她说，才转过头去，盯着电视机里《朝阳沟》的"银环"说："你小子能认识这么大的人物，有能耐，可不能丢脸哪……"我却不知道她说的是我不能给魏云老师丢脸，还是不能给她和爸爸丢脸。

电视里的《朝阳沟》终于落幕了，妈妈意犹未尽地坐了一会儿，忽然微红着脸问我："能不能……让俺也去看看她？"

"没问题吧。我先打个电话。"我站起来去打电话了，妈妈一脸渴望地盯着我和那部电话机……当我告诉妈妈，魏老师非常欢迎她和爸爸到家里坐坐时，妈妈又一个劲儿地跟爸爸说："见了人家，说点儿啥哩，说点儿啥哩！"

下午2点多，我们捧着一束怒放的鲜花如约来到了魏云老师家里。魏老师非常高兴地把我们让到她的客厅里坐下来。我妻子把那束鲜花献给魏老师说："这是我爸我妈俩老戏迷的心意。"我接着说："他们祝愿您艺术之树长青。"魏老师连声向爸爸妈妈说："谢谢、谢谢……"

去魏云老师家的路上，妈妈又是猜魏云还是不是梳着两条长辫子，又是猜她还是不是当年的模样，这会儿却手足无措的，一句话也说不出来，只是一个劲儿地从上到下打量魏老师。

魏云老师比妈妈大了六七岁，但看上去她比妈妈年轻多了。农田里的劳作和养育儿女的艰辛，使沧桑过早地爬上了母亲的双鬓。我坐在一旁，心里对妈妈浮上了一阵愧疚。

"您不知道，在俺乡里人的心坎上，您有多重哩！像俺这岁数的人，哪个不知道银环、栓保？"妈妈终于平和了初见魏云时的激动，和她搭上了话茬。

"其实，我演的大多是农村戏，我也觉着农村的乡亲们好，对人亲！我也最喜欢到农村去演出。我感到乡亲们是真正的热爱豫剧、热爱我们。那种感情实实在在，不掺假！"魏云老师被父母的朴实和真挚感染了，她坦诚地诉说着对自己对观众、对舞台、对艺术的眷恋。

真正的表演艺术家肯定知道自己的舞台和观众究竟在哪里，而真正热爱戏曲的人，无论身居城市或乡村，也都会衷心仰慕和爱戴他们心目中的"明星"。

"听说，毛主席、周总理都接见过您。您想想，您这么大

青春的边沿

的人物俺都见着了，这是俺的福气啊！俺真是知足了……"妈妈用最朴实的语言表达着她的心情。同龄人也许共同语言较多，他们相互交流得真诚而融洽。渐渐地，两个多小时的时间在拉家常般的聊天中逝去。

初冬午后的阳光温暖而明媚。在魏老师家楼下的一棵碧绿的夹竹桃前，爸爸妈妈和魏云老师合影留念。取景框里，妈妈和魏老师如同捧在胸前的那束鲜花，笑容圣洁又灿烂……

再扯母亲的手

母亲从故乡来，就因为等着看他宝贝孙子的考试成绩，而破天荒地住了几天。平时，她待上3天便吵着要回去，她放心不下一人在家的父亲。

极爱看戏的母亲来到城市，对妻子安排的所有活动都摇手拒绝，她总是说："那得花多少钱？"于是，妻子只好带她到金水河边上去听那些老人们自己组织的"自乐班"唱戏——母亲是个老戏迷。

这次母亲来，正好赶上双休日。那个星期六的下午，我和妻儿陪着母亲一起去离家不远的金水河边听戏。

双休日的街头，行人不太多。走进穿街而过的人行隧道时，要走下一段长长的、光线很暗的阶梯。我和妻子怕年近六旬的母亲有个闪失，便上前搀住了母亲。我一只手扶着母亲的臂膀，一只手扯住了母亲的手。

扯着母亲的手，在穿越隧道的过程中，我的心中突然泛起一种久远而又陌生的感觉。这种感觉唤醒了埋藏在我心底的、被城市的楼宇淹没了的、遥远的回忆……

儿时的我，时常像今天这样，牵着母亲的手，缀在母亲那能够为我遮风挡雨的身后，走过故乡的街巷，走过故乡的阡陌，走过热闹而又陌生的集市，走过通往外婆家那条熟悉的土路……一直走到童年的边缘。那时的我，似乎一刻也不敢脱离母亲那双布满老茧的手，生怕离开那双温厚的手掌后，迷失在回家的路途中……

儿时，母亲的手就是我学习走路时的扶杖，就是我渴望回家时的路标。扯着母亲的手，我对面前的歧路从不彷徨；扯着母亲的手，我幼稚的目光好奇地张望这个纷杂的世界。一旦遇见天空落下了冰冷的雨滴或是迎面吹来彻骨的冷风，我便会毫不犹豫地攀着母亲的手，迅速躲进她那温暖的怀抱里……

眼前的母亲已两鬓霜白，走路也开始蹒跚。穿过地下长长的隧道是路坡的地面——又开始攀爬那一个个阶梯了。曾经步履轻快的母亲双手交替按着膝盖，已经显得吃力、艰难。

走过的这个长长的隧道，就像是时光隧道么？为什么现实中母亲能够走过来、再走回去，而岁月的隧道却是有去无返呢？我多想让母亲再年轻一回，我多想再回到日日与母亲牵手而行的日子里。爬上人行隧道后，刺目的阳光告诉我：我已经长大了。身边妻子的呼唤告诉我：我们也到为人父母的年龄了。为什么我牵着母亲那托起日月的双手的故事，在我与儿子的身上找不到重复的回忆？

儿子在生活中极少和我说话，我和儿子陌生得如同路人。是我背弃了母亲的慈祥与慈爱吗？是我遗失了母亲给予的温暖与呵护吗？是母亲给予我的慈爱在我的身上丢失了吗？我是个不肖之子吗？

记不清放开母亲的手有多少时日了。儿时母亲时时伸来的手，我曾经视为束缚我长成大人的缰绳。于是，身板渐渐长高

青春的边沿

的我，曾经极度渴望挣脱母亲的手掌；翅膀渐渐硬朗的我，曾经极力想飞出母亲的怀抱、飞出家门、飞到外面的世界里。后来，我如愿以偿，便扶妻携子，来到了这个满眼陌生的城市里。让我狐疑的是：儿时牵着母亲的手、赤足走在故乡的土路上，一步一步都能留下清晰的脚印；放开母亲的手、飞出家的襁褓之后，为什么城市冰冷的柏油路面上，再也踩不出足迹来？

就在刚才我的手与母亲的手相牵的刹那，我的心里一阵震颤：那是母亲和儿子的手么？儿子握惯笔杆的手白嫩单薄，软绵无力；母亲握惯了锄头的手粗糙枯黑，一掌老茧！我的心里涌上了深深的愧疚。儿女们牵着母亲的双手长大成人了，却一个个飞出了她的目光，让她和父亲固守在贴满我们身影的故乡老屋里，等待候鸟带回儿女的消息；让她和父亲固守在布满我们脚印的故乡田垄上，捡拾岁月留下的儿女成长的故事。故乡的老林依然、老屋依然、土地和炊烟依然，悄悄变化的，只是父母头上的白发、脸上的皱纹、眼里的沧桑和儿女日渐长高的身影……

金水河畔人流汤汤。阳光照在母亲身上，她的神态宁静而安详。几个"自乐班"正在比赛般地唱着生旦净末丑。都市一隅的这片特别的天地里，让母亲和那些寻找夕阳晚晴的老人们，随着古老的琴弦陶醉在古老的故事里。没有人注意我再次与母亲牵手的刹那而从心底涌起的波澜……

我呆呆地注目了一阵此刻已被我放开、悠闲地背在身后的母亲的那双永远温暖的手，而后独自走出人群，抬头望着头顶上没有云彩的天空。我突然明白：慈母那双揽尽似水流年的大手，永远像这明净而又慈祥的天空一样，时刻庇护着儿女的身影。无论你走得离家多远，母亲的手永远会在你需要的时候为你遮风挡雨；永远会在你跌倒的时候，把你扶起来，再送你上路……

脱去盔甲的父亲

我从来没有和父亲这样亲近过：儿时，是慑于他的威严；及长，是惧于两代人之间的距离；成家后，是缘于终日劳作而无暇；到最后走出他的目光，离开了故乡，就更难找到与他促膝的机会了……

父亲一天天地老了。年轻时养育我们的重荷，终于在他满头华发时开始报复他原本魁伟的躯体——他病倒了。他很不情愿地来到儿子所在的这个城市，在医院里一住就是一个月！

日日夜夜的陪护，竟让我们父子有了十分难得的交流机会。我们终于有时间一宿一宿地说话，而且还总有说不完的话题。我发现平时不苟言笑的父亲其实很健谈——即使在这场重病折磨得他最痛楚的时候。

母亲在家看守着那座老宅院，没法随父亲一起来省城，于是父亲每晚都提醒我往家里打电话，向母亲报告父亲病情痊愈的进程。父亲在他的病尚未确诊而被医生武断地怀疑是肝癌时，居然十分平静。每次等我拿着手机拨老家那个熟悉的电话号码时，总是叮咛："就给你妈说，我快好了。感冒，只不过重了点儿。别让她来……"

我只好在电话里故作轻松地向母亲轻描淡写父亲的病情。以至于十来天过去，我竟然在母亲一遍又一遍的追问下，再也想不出欺骗她的理由了。但父亲仍然每晚提醒我往家里打电话，他说："如果你妈接不到电话，她一整夜都会睡不着。"我拿过手机让父亲跟母亲说几句话时，父亲却又连连摆手："你给她说吧，你给她说吧……"

父亲母亲之间的牵挂，在儿辈们面前，真实而又含蓄。

049

第二辑　又听妈妈唤儿声

青春的边沿

每次搜肠刮肚地找些父亲为什么没有出院回家的借口欺骗过母亲之后，我和父亲的话题就往往就从母亲说开去。其实我也明白，在我的记忆中，他和母亲从来没有分开过这么长时间。如今又加上医生草率地做出的、尽管还不是最终确诊结果的"肝癌"的压力，其实父亲是很思念母亲的。虽然有儿子在身边，他仍然感到孤独和寂寞。

我们就说话，说很多很多的话。

爷爷去世得很早，父亲给我讲他小时候没有他的父亲庇护而遭受的磨难，我听得鼻子酸酸的；父亲又给我说我和弟弟妹妹们儿时的故事，这个时候，他一脸的自豪和温馨，全然没了我以往看惯了的威严。他说到兴奋处，也会很开心地哈哈大笑，忘记了肝脏脓肿带给他的痛苦。而我听着这些有记忆或者无记忆的、自己曾经上演过的闹剧或者滑稽剧时，却总是在想：父亲过早地失去了父爱，而我们却很幸福。但我们小的时候，为什么不理解这些，时常让他和母亲担心、生气、甚至愤怒呢？

30多年了，我从未和父亲这么近距离地相处过，也从未听到父亲说过这么多的话。聊到兴处，我们甚至忘记了彼此为人父、为人子的身份。我竟然问父亲："爸，怎么没见你和俺妈打过架？"

父亲只是笑，但他绕开了我提的问题。他反问我："你们不是也没打过架？咋还问我？"

问完我们便笑得更开心。笑过之后，父亲沉吟了半晌，说："你妈把你们拉扯大，受了很多罪。她经常腰疼腿疼胳膊疼，她其实比我身上的毛病多……"

这个时候，父亲几乎完全没有了终日的严肃和沉稳，他成了儿子的朋友。从无遮无掩的率真话语里，我窥见了父亲平时冷峻外表下所隐藏的柔软。

这或许才是我最真实的父亲。

住了一个月的院，父亲的病痊愈了，终于在春节前回到了他熟悉的那座老屋里。我再回故乡，再见到父亲时，他又恢复了往日的模样，重新进入了严肃的角色，但我已经不像以前那样，对他时时敬而远之了。我知道，我的父亲其实也是一位有着平常心的、情感丰富的老人，只不过因为肩负着在儿女面前做表率的使命，才使他几十年来，有意无意地披上了一幅令人生畏的盔甲。他其实很可亲，当然更可敬！

我渴望父亲活得更轻松，更真实。我渴望我们父子之间什么时候能再一次忘却身份地近距离交流，但绝对别是在病房里！

凝视父亲

父亲老了。这是在父亲走下飞机时，我才发现的。他走路的脚步已开始蹒跚。

二弟在昆明出了点儿事，父亲就在家坐不住了。他执意要去一趟。我拦不住，只好随他一起登上了波音 747——从郑州到昆明，长途乘火车，我怕父亲大病初愈的身体受不了路途颠簸。当然，我的工作时间太紧张，也不允许我因私事请假太久。

因为惦记二弟一家，父亲去时一路上心事重重，虽然他是有生以来第一次乘坐飞机，临上飞机前，也仅仅说了一句"我也算是坐了一次飞机"，便不再多说话。恰好父亲的座位临窗，于是他便在飞机升空后，一言不发地贴在舷窗上，似乎有些新奇地、默默地观望着窗外的霞起云飞。就连乘务员来送饮料时征询他喝什么，他也没扭头，只是说："随便吧……"

我的座位紧邻着父亲。多少年了，我已经很少这么近距离地和父亲坐在一起了。父亲无语，我便也陪着沉默。父亲一直

青春的边沿

往外看，我也顺着父亲的目光往外看，但我的目光却最终落在了父亲的满头华发上……

年过六旬的父亲什么时候随着我们兄弟姐妹的渐渐成长，而使这顶曾经丝丝如墨的头发一根一根地悄然变白的？我们身上的赘肉在一天天增加，而父亲的肩头却日复一日地削了下去，让我什么时候看见他心里就一阵阵地酸楚。这双肩头，曾经担负起岁月赋予他的责任，让我们攀沿着长大成人。如今，因为二弟媳的一个电话，他仍然还要承载起无边无沿的担忧。不久前，他的六十大寿就是在病房里度过的啊！尽管那天很多朋友陪着父亲在饭店里为他祝寿，我也用尽了所有的办法，搞来了一束又一束的鲜花装点病房，但父亲在欣慰地笑了一阵之后却说："他们都离家太远。你给你妹妹、弟弟都打个电话，就说我没啥大病，别让他们操心了……"

而当时，医院的最终诊断结果还没出来，医生怀疑父亲肝脏上有肿瘤，我都快要承受不住医生那句"你要有个思想准备"的压力了，他却还在想着吩咐我，不要让远方的儿女们为自己操心……

除了偶尔喝一口乘务员送上的饮料，父亲就那样在一个多小时的航行中几乎保持着一种姿势。我知道他那时心里如灌铅般沉重。他是不想让我看出来他的心思，而借故掩饰自己的愁容。他侧着脸，我在一丝一丝地凝视着父亲的那顶白发，无意中却在父亲的耳垂下、鬓角旁发现了一块如黄豆般大小的褐色斑点——这就是常人所说的老年斑吗？

忽然冒出这个猜测后，我心里骤然一沉！

走下飞机时，父亲努力地微笑着说："你手里一直拿着本书，为啥不看？"

父亲依然如年轻时那样，我的任何举动，都逃不出他那用心延伸出来的视野。

为了让父亲高兴，我提出在飞机前给他留张影。父亲没有说话，却很仔细地开始整理衣服。

取景框里，我再一次凝视父亲，他依然顶天立地，身后庞大的客机变得很小。

回来的航程中，赶的是夜晚的航班。二弟的问题解决了，父亲也没有再往窗外看。我说："你再看看夜里的天空吧。"父亲说："你挨着窗子坐呃。你看吧，我看书呢。"我便把头偏到了窗外。

一路上，我却觉得父亲的目光一直拥围着我，就像儿时我把一张优异的成绩单送到他面前的那种感觉……

 岳母做的棉鞋垫儿
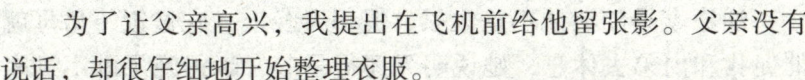

年前的那场大雪中，有一个日子是岳母的忌日。我们没有回到那个寒风中旷野上的茔前，晚上也没有月光，妻子用古老的方式，对着夜空，向远方的故乡奉上了虔诚的祭奠……

这是与岳母永别后的第几个年头了？

那晚，我的思绪随着纸锞燃起的袅袅青烟，飘过城市楼宇的缝隙，回到了15年前……

刚与妻子相识的时候，我因为家境不宽余，每逢年前都需要走村串户地给人家将要出嫁的姑娘油漆家具，以图挣点儿小钱帮家里过年。在与岳母家相邻的那个村子干活的时候，岳母知道了，她派内弟找到我，说刚下过雪，早来晚去的骑十来里的车，路不好走，天也冷，人太受罪。于是我就很腼腆地住到了岳母家。

青春的边沿

油漆家具的活儿不是太累，但每天晚上一吃过饭，岳母就催促我和内弟去休息，她说明天还得早起，睡得晚了歇不过来劲儿，再撑着干一天活儿要伤身体的。那些天，岳母也变着法儿做好吃的，几乎每顿饭菜都不重样。鸡蛋、肉、饺子等许多在那时很奢侈的东西都一顿一顿地摆上了桌面。有一次我很羡慕地对妻子夸他们家的生活水平真高时，妻子说，你是真傻呀还是装眯瞪，妈把俺家过年的东西先让你解馋了……

那场雪很大，天放晴后，乡间的大路小路就都成了烂泥窝。我的棉鞋早就踩得泥漉漉的，第二天再穿时，早就冻伤了的双脚就像踩在冰块上，又凉又疼。

就在住到岳母家的第三天早上，下了床我刚跳进鞋里，突然觉得脚下不对劲儿：鞋是干的，里边还垫了一双用布包着棉花做成的棉鞋垫儿，穿在脚上，我在这奇冷的冬天里浑身上下都暖融融的……

我向妻子表示感谢，她愣了半天，最后才笑着说："妈真疼你呀！连我都嫉妒你了。"

慢慢地，我才发现，岳母做了两双那样的棉鞋垫儿，每天晚上我睡下后，她就把我踩湿的棉鞋悄悄地拎走，放在煤火上烘干，第二天一大早，再填进干鞋垫儿，悄悄地放在我的床前……

那年冬天，我的双脚没再长冻疮；那年冬天，我的心里也一直暖融融的……

那时我年轻，还不懂得珍惜，因此那些棉鞋垫都被丢弃了。后来，岳母也离开我们去了另一个世界。但那个冬天里岳母为我带来的温暖，我会珍视终生，永难忘记……

第 三 辑　**昨日的伤痕**

青春的边沿

 生命都是平等的

茫茫无际的沙漠又掀起了一阵风暴……

探险家下意识地摸了摸背上的水壶。

沙漠里的狂飙来得疾去得也快，不一会儿，骄阳又炙烤着探索家这个天地间唯一的生命。沙漠依然茫茫无际……

尽管沙漠的落日很辉煌也很美丽，但落日同探险家一样孤独——该考虑今晚的栖身之处了。

从迈入之这片"死亡之海"第一步至今已经是第 23 天了，应该快走到另一个边缘了，绿洲、房舍以及炊烟也许明天会随着朝阳一起出现在眼前。探险家一边拖着迟滞的双腿跋涉一边在想，但今晚还得栖身于这片没有生命的土地上……

探险家抹着头上油膏一样黏糊糊的汗水，干裂的唇蠕动了几下，他的手又下意识地触到了那个硕大的水壶，但很快就放下了——水不多了，他还能坚持，明天也许见不到他企盼已久的绿洲，这点儿水就是他全部的生命了。

探险家的目光在天地间的苍穹里四顾着，突然，他在正前方的夕阳下发现了一抹绿色——那绿色被璀璨的阳光涂成了橘红色。

探险家泪如泉涌。

生命啊！只有绿色才是生命的象征，在这茫茫的"死亡之海"里，他的生命不再孤单。

探险家跟跟跄跄地奔向与他同在的生命……

走近了——那是一棵胡杨。它昂立在高天之下、大漠之上，一冠熠熠生辉的绿叶骄傲地向天地间展示着生命的风采。

探险家扔下背囊，扑向那株风雨沧桑的树干，热泪横流地

拥抱生命、亲吻生命……

离这株胡杨不远的旁边，还有一株枯干的树木——那也许是与这株绿色曾经相依为命、曾经并肩栉风沐雨的生命，但现在它已经枯死了、终结了——沙漠是毁灭生命的野兽。

探险家垂下了头颅，站在这棵枯死的生命面前致哀他郑重地弯下了从未向任何困难低头的身躯，一鞠躬、二鞠躬、三鞠躬……他在向一切对"死亡之海"挑战过的生命奉上了另一条生命的敬重。

沙漠的夜晚寂寞而寒冷，探险家小心翼翼地捡拾一段段散落、半掩在沙砾中的枯树枝。在他看来，这是在捡拾另一条曾经生机勃发的生命的遗骸。

守着用一条沉寂的生命燃起的几堆篝火，探险家在一片温暖中睡下他疲惫至极的身体……

沙漠的夜晚，一片死寂；沙漠的夜晚，也同样危机四伏。突然而至的又一阵狂风，让熊熊燃烧的那堆篝火扑向了那棵绿叶蓬生的胡杨……

惊醒的探险家发现：火焰已顺着与他一样干涸缺水的树干攀缘上去，即将触及绿色盎然的树冠……

探险家拼命地用手撩起一掬掬黄沙，拼命地脱下衣服挥舞着扑打，但那丛气势汹汹的火焰依然向上蔓延。探险家想起了他的水壶，想起了那里边所剩不多的生命之水，他迅速起拎起水壶一滴不剩地倾倒在那丛烈焰上……

烈焰熄灭了，探险家几乎是用一条生命拯救了另一条生命——在这个白天温度高达68℃的"死亡之海"里，一滴水就意味着一次生命的延续，但他却不知道明天能不能支撑到"海"的边沿。探险家没有顾及这些，他冲着那棵依然冒着青烟、已是遍体鳞伤的胡杨跪下了，他又一次泪流满面……

此后的第三天，获救的探险家从死亡中醒来后对拯救了他的生命的人说:"……我虽然在用自己的生命极限挑战自然,但我善待生命,珍视生命,因为,生命都是平等的……"

 自寻快乐

去年夏天有一段时间,我不知道中了什么蛊,天天囚在自己为自己打造的精神枷锁里,郁郁寡欢。我甚至一个人躲出去,跑到太行山深处的一个小山村里,关掉手机,远离尘世,抱着"整理心情"的美好愿望去面壁,谁知道囚在精神的枷锁里与囚在现实的牢笼里两种情形一联手,让我下山时的心情更糟糕。

就在那次返家的路上,老天下着大雨。我在路边的小饭店里躲雨并吃饭时遇见了一件事:那个饭店很简陋,经营的品种也很简单,只卖包子和馄饨。一个小伙子冒雨来买饭时,馄饨只剩最后一碗了,而且那还是老板留给自己的午饭。谁知道,老板不但把最后的那碗馄饨让给了小伙子,而且还分文不收。原因很简单:他开了两三年的饭店,来买馄饨的多了,但大都是买给老婆儿子的,他头一回遇上买给老娘的,而且还冒着这么大的雨,所以,就白送了。自己的肚皮好办,两三个包子、一碗开水就解决了,开饭店的还能饿着自个儿?关键是不能晦了人家的一片孝心哪……

一直到大雨停了,我离开那个小饭店时,饭店老板还陶醉在自己这次付出的快乐中,乐呵呵地招呼着每一个人。

后来的一天晚上,我独自到金水河边去溜达,试图让莫名其妙的郁闷消散在清爽的夜空里。在熙熙攘攘的人流里,没有人注意到有一对自得其乐的老夫老妻。老太太坐在轮椅上,一

脸幸福地望着老爷子。老爷子似乎在给老伴儿顿挫抑扬地表演着什么"节目"。我走近了一听，原来他唱的是我再熟悉不过的豫剧。老爷子清唱的水平我实在不敢恭维，跑调、掉板儿不说，那嗓子对别人来说，几乎是一种折磨，但老太太却听得十分专注，还时不时地很开心地笑。我凑过去跟老太太开玩笑："阿姨，你笑他掉板儿了，还是笑他忘词儿了？"哪知，老爷子拉住我说："你别问她，她失聪！你喊破嗓子她也听不见！"我吃了一惊。老爷子接着叹了一口气说："年轻时，她伺候了咱大半辈子，咱欠了人家的。老了，咱这是还债啊，哈哈……"老人话没说完，又笑了，老太太看了看我们一阵，继而也笑眯眯地跟着乐……

再后来，我傻乎乎地在网上问一位网友："怎样才能让自己快乐起来？"那位网友很快打出来一句话："那还不简单？快乐无处不在，找乐儿，找乐儿，自己找去嘛……"

我似有所悟：原来，快乐是要自己去寻找的，比如那位饭店的老板，比如那位老爷子。他们都在各自的生活中为自己找到了快乐。或许这种快乐的机会因为在你周围处处存在，压根儿就不需要去寻找。如此说来，那烦恼肯定也无处不在，烦恼也是自寻的。有自寻烦恼，也就有自寻快乐：比如那位老板，如果他一直为自己舍弃的一碗馄饨钱而耿耿于怀；比如那位老爷子，如果他把瘫痪的老伴视为不堪重负的累赘……那原本应该属于自己的快乐不就变成烦恼了吗？

又比如我，世上本无愁，何故自寻忧。躲来躲去，还得回到自己原来的生活里。看来，永远躲不掉是自己的心境啊！换个心情、换个角度、换种姿态去面对生活，也许我就会快乐起来。快乐，原来就这样简单啊！

第三辑 昨日的伤痕

青春的边沿

"畅想"与愿望

  元旦过去了,春节过去了,元宵节(我从故乡的习惯,叫"小年")也从眼前飘去。这一切都如同往年一样,热热闹闹地来、忙忙碌碌地去。

  看完了都市街头和公园里流光溢彩的灯盏,头儿在会上说:"年过完了,各位都收收心,该忙今年的工作啦!今年是新世纪的头一年,说说,都有些什么新打算?"

  又是"新打算"。好像这新世纪、新千年的头一年跟以往的"年"不同似的。年缝儿里的这些天,每次和亲朋相聚,不断遭遇这样的"考题",到了单位也不能幸免,我又惶惶然起来……

  元旦前,在一家报社做编辑部主任的哥们儿约我写一篇"世纪畅想、百姓愿望"之类的"命题作文",言明是写新世纪、新千年头一载的最大愿望和计划。我便立即激动起来。尽管人家约稿的"定位"是"百姓",可你想想,全国十多亿、全省9000余万,这是多少分之一比例的"百姓"啊!人家拢共才约了4个人,一下子就找上了咱,不激动一下似乎毫无道理。

  激动之余,我欣欣然启动新买的电脑,在键盘上伸出食指,准备"畅想",可临下笔才忽然发现:这新世纪第一年的"畅想"、"愿望"、"计划"之类,我以前竟根本没有"畅想"过。过日子一贯混混沌沌、随波逐流的我,活了30多年,从来没有过那些远大的"理想"、"目标"之类的鸿鹄之志,一直就这么随遇而安地打发着一个个淡淡的日子。

  但既然答应了人家,还能当一回这么荣幸的"百姓"(咱本来不就是个百姓嘛),总得"畅想"点儿什么吧,不然,岂不有负主任哥们儿的错爱?于是,不知道挠掉了多少根头发,才憋出了如下的一个个方块字：

"子夜的钟声响过，21世纪的门扉便訇然开启，所有的期盼和憧憬就如同新世纪的晨光一样，渐渐地清晰、圆满和灿烂起来。

"作为一个浪迹于眼前这个繁华都市整整十年的异乡游子，我对走过千年、随着时序款款而来的这些崭新的明天，心情坦然而宁静。历尽沧桑之后的我已无法再像少年时那样，心情随渴望一起悸动。

"不识字的母亲说过：'医院里没有咱家的人，监狱里没有咱家的人，这就是好日子。'我在惊诧于母亲这句足以折服世界上任何一位哲学家的'名言'的同时，也忽然发现了她那质朴无华、淡泊慈爱的心中对一个个接踵而来的平常日子的祈求。也许她的心愿在别人眼里没有什么值得赞叹之处，甚至还有那么一些农家妇女的身份和成长经历所注定的'卑微'，但在我心中，她的这句极为平淡的话，却无疑为我日后的生活中人格及思想的修炼，指明了一个范畴和目标！

"在这'千年等一回'的新旧交替之际，我没有那些'气吞万里如虎'抑或'我辈岂是蓬蒿人'之类的冲天豪气，更没有'不想当将军的士兵不是好士兵'抑或'燕雀安知鸿鹄之志'之类的远大理想。我对新千年的第一缕曙光祈祷的愿望，也如同母亲身后的日子一样普通。我渴望我和我的父母、我的家庭，与我们这个沉浮数千年的民族一起，福寿康宁、平安幸福！"

热情洋溢地敲完这些字之后，我感觉良好。不料，那位主任哥们儿看后打电话说："写得太'空'啦！没有实际内容。"但还是很给面子地编发了，而且还极荣幸地占了该"畅想"栏目的头题，只不过把我原来洋洋洒洒1000多字的"畅想"榨掉了许多水分，只剩了如上的500来字，但总算把我要"畅想"的主要内容给保留住了。他那火眼金睛，肯定看穿了我在"畅

青春的边沿

想"之余，还妄想多捞点儿稿费的企图。这家伙真不够意思，也不想想再顶尖级的"畅想"，如果腰包瘪瘪，指望啥去实现？我向来对那些拎着刀子，对着人家呕心沥血写成的稿子时时狞笑不已的编辑们敬恨交织，即源于此——尽管俺很不幸也堕落成了编辑。

再看看同在一个版面的其他三位的"畅想"，我立即自卑起来：他们一位要"启动未来"，立志在"新世纪灿烂的阳光"下拥有一辆私家车；一位更令我钦佩得五体投地，他忧于"商品经济大潮泥沙俱下，人文思想严重退化"，哀于"圈子里很有影响的"《作家》《昆仑》《漓江》等纯文学刊物的无奈停刊，而决定"有那么一天，我会推开一切繁杂的事务，辞去现在的工作，去办一份纯文学刊物，从而培养和扶持一批富有潜质的文学青年，让他们的灵魂有一个安居的地方"；另一位我极熟悉的老弟，"畅想"得就更实际、具体了：一年多以前，他与前女友吹灯拔蜡后，基于"儿大未婚母担忧"的拳拳孝心，而急着尽快结束光棍儿生涯，在新千年的曙光中"我想成家"。哈哈……聪明！赤裸裸地借"畅想"之机为自己征婚！

瞧瞧人家三位，我不自惭形秽中吗？怪不得那位主任哥们儿说我"太'空'，没有实际内容"，仅仅"医院里没有咱家的人，监狱里没有咱家的人"就鼠目寸光地以为是过上好日子啦！仔细一反省，全中国十几亿人，绝大多数、绝绝大多数、绝绝绝绝大多数，不是都在太太平平地过着这样的日子吗？还啰哩啰嗦地侃了1000多字，纯粹等于啥也没说！

对人家的"畅想"羡慕了半天，我还是"烂泥糊不上墙"地又在想母亲的那句话。"百姓愿望"嘛！普普通通的百姓过普普通通的日子，就因为是新世纪的头一年，这日子就和平常不一样啦？这么一想，我便十分"阿Q"地依旧"宁静而坦然"，仍然觉得"平安""健康"就是好日子。要不然，这极平常的日子过到了医院或是监狱里，立马就会变成"极不平常的日子"，就算你有再远大、再恢宏、再气吞山河的"畅想"，也是白搭！

青春的边沿

一朝醒来，忽然发现儿子的嗓门变粗了，肩膀变宽了，嘴唇上萌出了纤纤的绒毛，个子也蹿过了妻子的额头……看着儿子伏在餐桌上狼吞虎咽、好像总也吃不饱的样子，我竟生出一股苍凉的念头：我生命的历程即将走过青春，快要把"青春年华"这根火热的接力棒移交给眼前这个陌生的小伙子了，就像当年我踩着一个个平淡的日子，慢慢地看着父母日渐苍老那样……

我早已迈过了"三十而立"的门槛，"不惑之年"已讪笑着向我招手。捡拾留在身后不再复返的30多年的日日夜夜，我忽然发现：当生命游弋在青春的边沿时，你对人生才会如此多情！

来到这座城市已经整整十年了，柏油路面上冒出了多少辆新款名车？一片片废墟上耸起了多少座广厦高楼？人迹汤汤的市面上多少款时装朝兴暮去？曾经使我热血沸腾、仰或愁肠百结的流行歌曲，有多少已经变得陌生？初到这个城市让我时时激动的一切繁华，都已在我的情绪里渐行渐远、不再新颖，唯独时光逝去后遗留的许多无法述说的情感，促使我四处寻找一种潜伏在灵魂深处的、古老的东西，才能激活我沧桑的心境。

生命中有些故事是无法忘却的，因为那些故事总会在某个时候偷偷地袭击你外表坚强下一处处最脆弱的神经，让你无法拒绝爱或哀愁。即使你拼命地把它藏掖在内心深处，你也总会在独处的时候听到一些声音在咆哮，让你的灵魂无法安宁。

青春的边沿

去年刚过"五一",单位所有的同事一起到庐山旅游,从武汉到九江乘坐的是夜班轮渡。同伴们都进入了梦境,我却彻夜失眠了。点燃一支烟,独自来到甲板上,在飒飒的夜风里,聆听长江万古的涛声。江上的夜,静得只有轮船发动机的声音在孤独地轰鸣,江岸上缓缓退去的一点点灯火,使我的心境更加空旷……

"小伙子,还不休息呀!"身后有人和我说话,灯光下,我看出是一位60多岁的老人。攀谈中我才知道,他从懂事时起就漂泊在这烟波浩渺的江面上,直到驼背华发。

"这辈子就交给长江啰——"老人撇下这句话,返回了船舱。谁曾想,这一句说不清滋味的感叹,却让我通过这孤船、这长江、这老人,感悟到了"沧桑"二字的分量。是啊!老人老了,孤船旧了,日月东升西落,在老人的眼中,永远不变的只有这江风和涛声。老人终生未娶,没有子嗣,他的一生也只有"交给长江啰"!除了这滚滚长江,哪里是他最终的归宿呢?

"日暮乡关何处是,烟波江上使人愁。"老人那发自心底深处的慨叹与江风、与渔火、与长江永远的涛声交融。他不知感叹了几多回,但长江依旧东流去;他不知多少次叩问自己的归宿,但他依然不知道何处是他的归宿。

若干年后,再踏上这条老船的过客,还会知道这个日夜奔流的江面上曾经活跃过的老人吗?

其实,我呢?我自己呢?何处又是我的归宿?我何尝不是和这位老人一样,身如飘萍,卑微一生,走过青春,走尽生命,在历史延续的长河里,不会留下任何生命的纪念!

那个无眠的江上之夜,那个船工老人的故事,遗留在我生命的过程中,永远沉淀在我心灵的最深处了,也许我只有在独处的时候,才会把它拉出来晾晒在天空下,品味那悠悠的苍凉。

既然生命都是飘萍,既然百年人生都是卑微的人生,那我们就善待人生，善待你周围的生命吧。但百态世像却常常让我无法维持内心的宁静。我看到来自农村的民工被西装革履者怒骂时，我看到风烛残年的老人跪在街头行乞时，我看到贪官们暴殄天物的奢侈时……我的心就无法平静，我的愤怒就会爆发成我对生命的敬畏。不是说"四十不惑"吗？为什么我年近四十，情绪仍在青春的边沿激动、失衡？

"想想我们经历过的事情，想想它们像昨天一样重演，甚至重演本身也会无休无止地重演下去！"这是尼采的诗句。我读到这些诗句时才明白：就像儿子即将"重演"我的故事，我也正在"重演"父亲的故事那样，在这个"重演"的过程中衍生出来的、我们这个民族的血性，促使我的血液里蕴含了一种对平凡满怀的敬意，促使我尊敬每一个普普通通的生命，因而，我、我们、我们这个民族才铸就了我们的民族性格。

记不清是从哪篇小说中读来的一句话了："人应有幻想而无回忆，永远像春天的小树、夏天的太阳。"生命如此多彩多情，我会把自己的灵魂悬挂在生命的竿头，在告别青春年华的日子里，沐浴着往事的阳光，昂扬成一棵参天大树！

昨日的伤痕

每到年末岁尾的时候，我似乎就变得特别伤感，我也不知道这是什么原因。明天就是元旦，今晚下了班，就要放假了。等我节后再次坐到办公室里，时序就是另一个崭新的开端了。

妻子打来电话，让我晚上下了班早些回去，说今天是小儿子的生日。我这才突然想起，早上吃饭时，餐桌上怎么凭空多

青春的边沿

出了几个红皮鸡蛋？

那是故乡的风俗。

儿时，我每逢生日到来前，都会眼巴巴地盼着母亲在生日那天早上，给我煮两个红皮鸡蛋——那时候家里穷，翘首盼了很多天的生日，也仅仅是在那两个红皮鸡蛋"滚落"到肚子里之后，我才明白自己又长了一岁。

小时候的日子，就这么在对红皮鸡蛋的企盼中一年一年地过去了。如今，这种心情又"屋檐滴水点点照"地嫁接到了儿子身上。不过，儿子已经不满足于过生日仅仅吃几个红皮鸡蛋了。尽管妻子不像母亲那样，把红皮鸡蛋牢牢控制为两个，如果儿子的肚皮有要求，他要多少，妻子就会悉数满足，但我好像记得，早上儿子仅仅吃了一个鸡蛋，便没有兴趣了。那红皮的煮鸡蛋虽然好看，但没滋没味儿，远不如"炒鸡蛋"、"蒸水蛋"之类的"深加工鸡蛋"味道好。儿子抹了抹嘴巴，似乎对妻子提出了更高的要求："今年能不能新鲜点儿？回回吃鸡蛋、吃蛋糕、吹蜡烛……没劲儿！"

我当时一心想着工作，没意识到今天是儿子的生日，所以就不明白他说的话是什么意思。他刚说完，我就拿眼翻了他一下，儿子就不再吱声了。听了妻子在电话中的嘱咐，我才明白今天居然是儿子的生日！

我不该瞪他那一眼的，今天应该让儿子有个好心情。

放了电话，我坐在办公桌前发呆。实在想不起来还有什么需要干的了——也不想干。就做很多人无聊时常做的动作：一遍一遍地看自己的手掌、手背，看完右手看左手，似乎要从自己这双粗糙的手上看出点儿什么名堂来。

我又看到了那一排伤疤！

我左手的食指，从指尖到手背，几乎一个挨着一个，不用数我也知道，一共有9处伤痕。

人类肢体的自然分工，不管是有意还是无意，大都让右手比左手灵巧得多：劳动时，左手总是配合着右手的活动，处于从属地位；工具总是攥在右手，左手也就时时受着那些工具的威胁。如果右手攥的是斧头、镰刀之类的利器，那左手的处境就无疑是悬在刀山之上。而劳动时，左手食指总是暴露在"第一线"，因而，大脑一旦走神儿，它就会率先吃苦头。

那九道伤痕，其实都昭示着我昔日的一场场疼痛难忍的经历——

靠指尖的那道不明显的、不规则的伤疤，是那年春天，家里的粮食不够吃了，母亲让我去捋些槐叶，好拌点儿面粉，蒸熟了填肚子。我一不小心抓住了一个又长又锐利的槐刺儿，猛一疼，就赶紧甩了一下手，结果，人就从树上掉了下来，左手也被那个槐刺儿挂下了一块儿皮肉……

紧挨着的第二道细细的、长长的伤疤，是那次趁着中午放学，为家里养的一只老绵羊赶时间割草留下来的。我们兄妹几个的学费，就指望它身上油漉漉的羊毛呢。路边、河边的草早就被那些勤快人割干净了，我便潜入了生产队的那块花生地。花生已经快成熟了，有二爷看着，其他人不能进去，所以花生地的草长得很茂盛。如果不被发现，我吃顿饭的工夫就能割一大捆回去，够那老绵羊吃两天了。我正用右手攥着铲子飞快地一棵一棵"斩草除根"，突然听到二爷在哪儿咳嗽了一声，心里一紧张，左手就疼了一下，接着，血就冒出来了——这道伤疤很不光彩，它是我做"贼"心虚的、永远的标记……

那个三角形的伤疤相对来说就是我的荣耀了。可能是上小学三年级时，我在家里把饭做好，去唤正在毒日头下割麦子的母亲回家吃饭。那时候，割一亩麦子，可以挣到4个劳动日的工分，所以，母亲便披星戴月地泡在生产队的麦田里跟庄稼拼命。我找到母亲后，她把镰刀一甩，急匆匆地回家了。我把母亲割

青春的边沿

倒的麦子一个个地捆成捆后,她还没有回来,我便捡起母亲放下的镰刀,也割起麦子来。我想在母亲来到之前,多割一些麦子,好替她多挣点儿工分。谁知,刚割了几垄,那飞快的镰刀不知咋搞的就落在了左手上,一块皮肉便立即翘了起来,我赶紧捏着伤处,试图不让血淌出来。母亲吃完饭来了,我像做错了什么事儿一样,赶紧拔腿溜走了……

那道几乎环绕食指半周的、最大的伤疤,则是我自负逞能的惨痛教训。邻居五大伯翻地时,翻出一个炮弹壳,据说那是上好的钢材。大人们如获至宝。村里来了打铁的,他们就找了些废铁去打了几把菜刀。那个炮弹皮当然被肢解了很多块,用到了刀刃上。我家也凑着打了一把。父亲拎回来后,蹲在地上磨了半天,用拇指一遍一遍地试着刃口。我忍不住兴奋,对父亲说:"中啦,中啦!我试试快不快。"正好母亲在灶前烧火做晚饭,我兴冲冲地说:"妈,我用新刀给你劈柴火!"找了半天,找到一个给姑姑做嫁妆时剩下来的小腿粗、半米长的树桩,立在地上,眯着眼睛瞄了半天,一刀下去,我就立刻领教了炮弹皮的厉害——树桩一分为二了;我扶着树桩的左手忘了拿开,仅仅被刀尖擦了一下,食指就差一点儿也一分为二了……

……

这些伤痕,我不知道凝视过多少次、抚摸过多少次。每一次凝视,都像在回望过去的日子;每一次抚摸,就像在抚摸成长的过程。它们清晰地记载着昔日的很多故事……

那次被炮弹皮险些斩断左手食指后,我恐惧地大哭起来——印象中因为这些伤痕,我就哭过那一回,因为,我那时担心我左手的食指要保不住了。正在烧火的母亲赶紧跑过来,眼里噙着泪,扯了一根布条就麻利地把我的食指缠了起来。父亲是个医生,他也许见识过的皮开肉绽的场面太多了,他并没有像母亲那样流泪。父亲采取的措施比母亲科学得多。他立即用一根布条紧紧地捆住了我的左臂,然后和母亲一起把我送到村卫生所去缝合伤口。后来我才知道,父亲把我的胳膊紧紧地捆起来,这是他采取的止血办法。

在送我去卫生所的路上,母亲对大哭小叫的我说的一句话,至今我还没有忘记——

"儿哎!啥时候你身上不再添新伤了,你就长大了;你就不会再吃一点儿亏,便哭爹叫娘了……"

母亲那天唠唠叨叨地说了很多话,我都没记住,奇怪的是,只有这句话,近30年了,我到现在还记得很清晰。在以后的日子里,我又受过很多伤,有自己让自己受伤的,也有别人让我受伤的。落下的伤痕,有有形的,也有无形的。有形的铭刻在身体上,无形的铭刻在心头。我只是在受伤时想念母亲、渴望见到母亲,但再也没有像那次那样,抹着泪水哭喊:"妈啊!我疼啊——"

一次一次地受伤,让一处一处的伤痕遗留在身体上和心头上,我就这样渐渐长大了,直到今天,我也有了需要我去庇护的儿子。但我真的像母亲所说的那样"啥时候你身上不再添新伤,你就长大了"吗?我已经走过了30多年的人生路,但我仍然在心里不时地增添着伤痕,是母亲的话说错了,还是我依然没有长大?

小的时候我盼望长大,就像那时盼望自己的生日一样。因为每过一个生日,我就意味着离"大人"的角色更近了一步。每到生日的那天早上,母亲便拿着她煮熟的那两个红皮鸡蛋,从我的头顶开始,滚过胳膊、滚到脚面。一边做着这个难度很大的仪式,母亲一边很虔诚地念念有词:"滚滚头,戴官帽;滚滚手,手灵巧;滚滚肚子有饭吃,滚滚腿脚百病消……"听着母亲的祈祷,我那时觉得每过一次生日,那两个红皮鸡蛋就会把我往母亲的愿望里带近一步,因而也就格外珍惜它们,吃

第三辑 昨日的伤痕

青春的边沿

的时候，是一小点儿一小点儿地吮进肚子的。

我盼望红皮鸡蛋，是在盼望长大后、真的像母亲祈祷的那样"戴官帽""手灵巧""有饭吃""百病消"，如果这些愿望都成了现实，我就不会再增添新的伤痕了？

愿望都是良好的，但愿望离现实往往会有很大的距离。这些距离有些直到生命走到尽头，你也无法逾越。母亲的祈祷已经遗留在岁月里很久很久了，她的儿子至今也没有实现她的愿望，我的愚庸，不知道让母亲失望了多少回……

我的儿子已经不屑于过生日仅仅吃几个红皮鸡蛋了，他希望的是"今年能不能新鲜点儿"。妻子也没有把滚鸡蛋之类的、那些很严肃、很隆重的仪式从母亲那里继承下来，只是象征性地给儿子煮上一碗红鸡蛋，仅仅保留了上辈人表面上的形式，其他的都革新成了吃蛋糕、吹蜡烛、一圈人煞有介事地唱"祝你生日快乐"之类的中西结合的"杂拌仪式"，相比起来，这比我当年仅仅吃两个红皮鸡蛋，再接受母亲一番一厢情愿的祝福精彩多了，但儿子为什么不像我当年那样很容易满足呢？我儿子身上似乎还没有伤痕，那么他什么时候长大？他今天想把生日过得"新鲜点儿"，明天，等他因受到伤害而遗留下来的伤痕，是否也会"新鲜点儿"？

我在这个年末岁尾的日子里，突然很替儿子的未来担心！

人的一生，免不了要经历人世间的一些风风雨雨，因而身心总会被剥蚀得斑斑驳驳，就像办公室窗外的那棵老树——远处看，它挺拔而立在天地之间；但走近去，你就会发现它的枝干树丫上，总会有风摧雨淋、电烁雷击而遗留下来的一处处杂陈的痕迹——那老树的树干和枝丫，就如同我左手的食指以及我30多岁的心境！

现在仔细一想，把母亲说过的那句话拆开来就是：一次次地受伤就意味着离长大、离成熟更近一步。那么，每受一次伤害、每留一处伤疤，我就会在成长和成熟的道路上迈出一大步；那么，人的一生就是在不断受伤、不断抚摸、舔吮昔日的伤痕的过程中，走到终点的……

昔日的伤痕，原来竟是成长的标志和纪念啊！

但这些道理，我该怎么去像母亲那样，说给自己的儿子？

快乐与忧愁的"墙"

看到一则小故事：

一位老妪，守着大仔、二仔两个儿子过日子。大仔从小跟着师傅学做踩雨踏雪的木屐，成家后就靠卖木屐养家；二仔从小跟着一个走街串巷的货郎做徒弟，成家后就天天担个担子走村串户、做小买卖养家。一年四季，天气非雨即晴，于是，老妪也就一年四季忧心忡忡。晴天为大仔的木屐卖不出去而愁眉怅目，雨天又为二仔没法出门做生意而长吁短叹。时间长了，竟郁结于心，卧床不起。有邻人来探望，弄清楚了老妪的病因之后说："你应该高兴啊！晴天时别想大仔，雨天时别想二仔。这样你的病就不治自愈了。"

老妪按邻人的点拨一试，雨天替大仔庆幸，晴天替二仔欣慰，心情居然好了起来，未用任何药石，百疴全消……

这个故事告诉我们：快乐与忧愁仅仅隔了一堵墙，而这堵墙并非是高不可攀的。你囿于墙那边时，你就是忧愁的；你找到了这堵墙的门、穿过了这堵墙，或者攀上墙头、翻过了这堵墙，你就会从忧愁之中挣脱出来，变得快乐起来。阻碍快乐与忧愁的这堵墙，只需你换个方式、换个角度去对待自己的处境、自己的心境而已。

比如你身处事业受挫的逆境，你不妨把逆境看成检验自己能力的一个求之不得的"考场"；比如你受到了领导或同事的排挤，你不妨把排挤看成"不与俗人为伍"的超脱；比如你被恋人抛弃，你不妨把抛弃看成躲过了一个不淑之人；比如你在竞争中失败，你不妨把这场失败看成自己走向成功的又一块基石；比如……

"比如"的情形太多了。生活中我们时时处处都在遭遇着种种"比如"。我不是在兜售阿Q的"精神胜利法"，也不是在寻找消极地躲避困难的借口。我只是认为：现实中快乐和忧愁其实是相依相存的。而忧愁与快乐之间的那道墙，总会留有一个相通的门，关键是我们是否寻找到了那扇门，是否找到了开启那扇门的钥匙。找到了这把钥匙，你就会把忧愁化为快乐，用一种正能量的心情去面对以后的人生。老妪的那位睿智邻居的话，就是打开快乐之门的钥匙！

如果没有一位智者送给你一把现成的钥匙，那你就得用自己的信念、智慧、乐观和勇气作材料，去为自己配制一把钥匙，这样，忧愁与快乐之间的那堵墙的门，就时时为你畅通了。

换一把椅子

又到双休日，三弟一家来串门。因为是自己人，我们就没有讲究那么多，午饭就在客厅里的大茶几上凑合了。

尽管茶几很低，但三弟刚刚4岁的儿子坐在原本属于他的小凳子上，仍够不到盘子里他很感兴趣的炒鸡蛋。"我要换个……

椅子，嗯……换椅子！"他很聪明地从小凳子上跳起来，硬把我坐着的一个高椅子抢过来，很麻溜地爬上去，一伸胳膊，果真就轻而易举地夹到了炒鸡蛋。尽管他用筷子的水平实在很差劲儿，但毕竟比坐在小凳子上离吃到炒鸡蛋的目标近多了。

"我要换个椅子……"刚从原单位辞职的我，忽然下意识地重复了一遍小侄子的话，并由此不再安心吃饭，悄悄地开始走神……

我们在现实生活中，有时候不也经常被各种各样的"椅子"所困吗？你学的本来是法律专业，可结果在单位里干的却是财会工作；你的特长是书法、绘画，但你得整天忙着单位的后勤杂事；你本来很擅长计算机操作，但命运却阴差阳错地让你成了一名交通警察……仔细一观察，我们周围这种坐错了"椅子"的现象其实比比皆是啊。我那原单位的一位同事，是研究近现代史的专家，可命运却把他推上了期刊发行部主任的"宝座"。

前些时在书中看到意大利超级巨星帕瓦罗蒂的一段往事。其实当年他是从师范学校毕业的学生，就业时征求父亲的意见，问做一名歌唱家好还是做一名教师好。他父亲说："你现在面前有两把椅子，但你必须选择其中最合适你的那一把！"

尽管天底下最诱人的"椅子"是官位，但前不久，做满一届台北市"文化局长"的著名作家龙应台，不也断然辞官挂印，回归作家本色，又去写她的"龙卷风"性格的文章了吗？这就是坐错了"椅子"又赶紧换回来的典范。

其实，生活中的道理都是大同小异的。帕瓦罗蒂和我的小侄子，都很聪明地寻找到了最适合自己的那把"椅子"，最终，帕瓦罗蒂成就了他的事业，而我的小侄子则如愿以偿地吃到了炒鸡蛋。他们都是在发觉自己暂时拥有的"椅子"不适合自己时，而断然决定换一把"椅子"的，那么，像我原单位的那位老同事，为什么不在年轻时，也换一把适合自己的"椅子"呢？

现在他老了,即将退休了,还在整天慨叹发行部主任的"椅子",囚禁了他生命中应有的光芒。而我自己,尽管以前也在一把很不错的"椅子"坐了4年零两个月,可一旦发现这不是自己最理想的"椅子"时,不是也断然换掉了吗?

当然,人的一生,也许还会遇见许多诱人的"椅子",但却未必每一把好"椅子"都适合你。龙应台发现她的"金椅子"不适合她,不就断然回到了她的作家"椅子"上了吗?这关键在于她有一双认清自己和那诱人"椅子"的慧眼。因此,我们即使面前有一把或者多把好"椅子",也要量力而行、脚踏实地,像帕瓦罗蒂、像我的小侄子那样,去客观地选择一把最适合你的"椅子",这样,你所追求的人生目标,就能更大限度与你缩短距离。

为什么不早些撒手

二弟一家从昆明回来了,很落魄。因为他在那里打拼了六七年,好不容易挣下的一大笔积蓄,被一个骗子骗得不名一文。于是,二弟便为此什么也不干了,整天咬牙切齿地四处奔波,要找到那个骗子,向他讨债,讨不来,就跟他玩儿命!为了寻找这个不知道藏匿到哪里去的骗子,两年多来,二弟不仅没挣到一分钱,反而又借下了一堆外债,以至于到后来,连孩子在学校的学费也交不上了。

二弟爱面子,远在河南的我们,此前谁也不知道他的处境,每次打电话,他都在千篇一律地报平安,到后来连生计也维持不下去了,二弟媳才哽噎着,断断续续地在电话里把他们现在的处境说了一些。父亲于是便坐不住了，坐火车都觉得慢，我陪着他，飞去了昆明。

下了飞机的第二天，就是万家团圆的中秋节了。二弟媳干搓着手，很尴尬的样子——她口袋里，连买二斤月饼的钱都没有了。父亲弄清楚二弟这两年多来的遭遇之后，心情很不好，但他一直没有责怪二弟什么。直到当晚吃过晚饭后，他才把二弟两口子叫到跟前，给他们说："你们大概都没留意过刚出生的孩子吧？"

"没有……"二弟不明白父亲要说的是什么意思。

"那你们见过去世的人吗？"父亲弹了一下烟灰，又问。

"也没见过几个……"二弟和我一样，茫然地望着父亲，不知道父亲为什么问这个问题。

"我见过的多了……"父亲是个在家乡奔波了大半辈子的老中医。农村的医生，是什么病都看的"杂科"，我跟父亲学过三年中医，亲眼见过父亲抢救几位病危的产妇。至于抢救病重濒危的老人，那就更是不计其数了。但我仍不明白父亲在这样的情况下，为什么提及了这个话题。

父亲停了一会儿，接着说："孩子刚一出生时，都是攥着拳头的，但是人去世后，却都是敞着手心的。书上所说的'撒手西去'，大概就是这个意思吧。这一生一死，中间要经历的事情太多了。比如说钱财，你挣得再多，生的时候紧紧攥在手心里，但走的时候，却一分钱也带不走，只好撒开手——攥着拳头来，两手空空走。与其这样，为什么不早些撒手呢？早些撒手，就会少误更多的事儿。就跟你们一样，钱既然叫人骗走了，报案也报了，自己找也找了，既然都是白费力气，为啥还不早些撒手，趁早再从头开始呢……"

二弟彻底脱离了那个让他们落魄的环境，从大西南的昆明，一下子迁徙到大东北的哈尔滨，彻底甩下了那个"撒不了手"

的包袱，不肖一年，就把生意又做得有模有样了……

父亲那晚给二弟两口子讲了很多道理，但我印象最深的，就是上边这些话。是啊！"为什么不早些撒手呢？"这人生天地间，如果大家真的明白"早些撒手"或者"该撒手时就撒手"的道理，就会少走很多弯路，甚至避免很多不幸和悲剧了。

一起涂黑了墙

有个家属区的一段围墙被刷上了涂料，很多天了，仍洁白如初。有一天早上起来，大家看到不知道是谁把这洁白的墙壁上涂上了一团乱七八糟的颜料，洁白的墙成了大花脸。不久之后，更多的人肆无忌惮地在墙壁上乱涂乱画，原本洁白的墙壁，变成了乌七八糟的"涂鸦壁"。后来，家属区的管理人员，干脆用黑色涂料一股脑儿把这段墙壁刷成了黑色。

有位心理学家说，这是人类典型的"盲从心理"。既然有人涂了第一笔，就会有更多的人"跟风"，墙壁由白变黑，其实是被大家涂黑的。

由此，我想到了在书上看来的丰子恺先生的一段轶事，大致是这样的：丰子恺先生画了一幅画，内容是一位老农用两根绳子牵了两只羊。后来这幅画被一位牧羊人看到了，便对他说："其实两只羊，根本不需要两根绳子。用一根绳子牵着一只羊就行了，其他的就会跟着走，绝对不会掉队。"后来丰子恺先生仔细观察了好多群羊，的确是那样。只要有一只羊被套上绳索被牵走，其他的羊，哪怕是四散在草地上，也会很快聚集起来，跟着那只被牵的羊往前走——不管是回家还是去屠场！

这些羊，肯定也是"盲从心理"的作用吧。然而羊的盲从，大约应该是一种条件反射之类的外在行为，因为它们是不会思考的低等动物，所以也就说不上什么"心理"。但我们人类，却是"万物之灵"的高智商动物，每个人都有自己独立的思维和判断力，为什么也要盲从、也要跟风，去涂黑那段围墙呢？

羊不知道盲从套上绳索的那只羊是个什么结果，甚至被引到屠宰场，也不明白自己怎么就这么稀里糊涂地走向了死亡，而我们人类，却往往预先就明白盲从的结果，却还是要你先我后地去一起涂鸦，最后，洁白的墙，终于变成黑色的了。

国哀日，动车在哭泣

2008年5月19日，这是13亿中国人民为四川汶川大地震举行的为期3天的全国哀悼日的第一天。

这天中午12点整，我从济南乘D36次动车组列车返回北京。

14时25分左右，广播里忽然传出了列车播音员凝重的声音："各位旅客，现在播报国务院公告：为表达全国各族人民对四川汶川大地震遇难同胞的深切哀悼，国务院决定，2008年5月19日至21日为全国哀悼日……现在是14时25分，请各位旅客收起座位前的小桌，做好准备……"

这个通知按照每分钟一次的频率，一连播发了3遍。

因为刚过中午，旅客们要么在吃饭，要么在打盹，要么在聊天。但从第一遍播音开始，车厢里立即安静下来。我看到，正在吃饭的旅客立刻开始收拾小桌板，正在打盹的旅客立刻挺直了腰板，正襟危坐。

青春的边沿

列车播音员沉重、缓慢的声音的感召力，在这个特殊的时刻，成为一种统领所有人精神与心灵的哀仪令。

播音员播发国务院公告至第三遍完毕后，说："……请全体起立，默哀……"

所有的乘客都在时速202公里的列车上站立起来了，整齐而又肃静，车厢里没有一点儿声音。本次列车同时鸣响的汽笛声和隐约的列车疾驶的呼啸声透过密封的车窗，传至耳膜……

14时28分，这是一个黑色的时刻，就在一周前的这个时刻，就在所有的人还没反应过来的时候，一场8.0级的巨大地震，一瞬间就摧毁了巴蜀天府的美丽与祥和，幸福与安宁！

7天以来，我们的目光时刻被灾区的消息牵系着；我们的心时刻被那滋生灾难的废墟与瓦砾的震后家园牵系着；我们的情感时刻被那些可歌可泣、撼天动地的救援故事感动着；我们的泪水无数次地为那些向死求生、顽强支撑的生命之歌流淌着……

而今天，我却在这个特殊的场合，和全列车的旅伴们一起，和全国13亿人民一起，向那些不知姓名的遇难同胞们奉上我们虔诚的祭奠！

我会永远铭记这个时刻。

车窗外驶过一列相向而行的列车。我必须向死难的同胞们奉上我的虔诚祭礼，因而我没有抬头看看那是一列货车还是客车，只有那列火车的汽笛声，长长地灌进耳朵。这之后，我眼睛的余光又看见车窗外的一座建筑物前的国旗，在半空中低垂着……

我忽然泪如雨下——为那些死难的同胞，更为我们13亿人在这一时刻共同举行的一场痛彻心扉的丧礼……

"默哀毕，请坐下！"车厢里的人默默地陆续落座。

我睁开了一直紧闭着的眼睛。我看见一位女孩的双手捂着双眼，抽泣得双肩颤抖。我看见一位颤颤巍巍的白发老人把半瓶矿泉水慢慢地洒在垃圾桶里，嘴里念叨着："先死为大，我送你们了。"我看见一个八九岁的小女孩双手合十，依偎在仍泪如泉涌的母亲身旁祈祷……

当13亿人民的泪水流在一起的时候，当13亿人民的臂膀紧紧地挽在一起的时候，当13亿人民的每一颗心都连在一起的时候，当13亿人民的头颅垂下3分钟重新昂起的时候，中国，没有什么可以让她弯下脊梁！

多难兴邦！汶川不倒，四川不倒，中国不倒！默哀仪式过去很久了，北京已越来越近，而我的泪水，依然在恣意流淌……

第三辑 昨日的伤痕

第 四 辑　**一梦蝴蝶**

不老的柏杨

当年杂文作家牧惠先生把《丑陋的中国人》一书介绍给内地的读者后，我便知道了我国台湾省有一位柏杨先生，而且从那时起，我都在通过各种渠道、各种媒体断断续续地注目着海峡那边的柏杨先生，在读完了所能见到的柏杨的所有作品后，心里便开始仰慕柏杨先生。

近日，柏杨先生偕夫人张香女士回故乡辉县扫墓祭祖，途经郑州驻足，我应邀参加了由河南炎黄文化研究会副会长王仁民和商都书画研究院院长赵义军先生在一家酒店举办的"欢迎柏杨伉俪'诗情与乡情'文华沙龙"，了却了一睹柏杨风采的夙愿，从书中读来的印象，在一个多小时的交流中得到充实。

今年已78岁的柏老，完全没有风雨沧桑后的颓废和衰老。宾主落座后，柏老那一口离家60多年依然不改的乡音，便把在座的人带入了他浓浓的乡情里……

一、"饮故乡水，见故乡人，越来越淳厚的，是这份乡土之情"

此前我知道，柏杨先生乳名小狮儿，学名郭定生，后因一个偶然的机会改名为郭衣洞，开始文学创作后取笔名为柏杨。少年时在故土随父辗转，1949年赴台，一走50年。其间"十年小说、十年杂文、十年铁窗、十年历史"的风风雨雨非一语所能道尽。故乡的烙印，从他回乡祭祖的虔诚中，从他鬓毛已衰而不改的乡音中，从他脚上那双高鼻圆口布鞋上，都让人领略得十分清晰。他对家的眷恋以及对故乡的亲情，透过鼻梁上的那副镜片，在深情的眼睛里流淌……

"各位乡亲，这么多年来，我还有河南口音，但真正的河南话我已讲不好了。今天，是我离开家乡后遇到河南人最多的日子。在台湾，河南人比较少，我算是台湾的外省人，很孤独。但在这里，我能够很理直气壮地讲：我是本省人！"

语音未落，立即响起满室掌声。柏老的眼镜后面，也有两处晶莹的泪光在闪烁。接着，他又用很家常也很自豪的话介绍身边的张香华女士："我介绍一下我的太太，她是咱河南的媳妇，香港人，第一次来婆家探亲。"

柏老已是第三次回故乡了。当有人问及他三回河南，对故乡最大的感触是什么时，他说："家乡的变化一次比一次大，我每次回来都有新发现。辉县过去那么穷的地方，现在不但白面吃不完，还家家有肉吃，衣着也很现代。我离家时的遗迹找不到，使我无处怀旧。现在乡亲们的生活我很羡慕，这在我小的时候，想都不敢想。那时候，能有碗扣肉吃就好到天上了。"

张香华女士随先生第一次见到"婆家人"，略带闽南味的普通话讲起来兴奋杂以深沉。她接过柏老的话头说："过去在台湾，我听到的，或从文字里读到的，都是什么'安得广厦千万间，大庇天下寒士俱欢颜'等印象。但这次回来，我亲眼看到，这块土地上的人们都因为改革开放而振作起来了。我这个人是靠感觉的。我感觉到他们非常勤奋。以前，他们也许吃了太多的苦，但只有经历过贫穷的人，发展起来才会加倍地快——像'大哥大'。我走在路上看到，这里用'大哥大'的人比台湾还多。台湾的'大哥大'费用非常贵，尽量不要打，打多了吃不消。我的'大哥大'就经常关机，光往外打不接收，怕付不了话费……"

柏杨先生还对在座的诗人王怀让说："王先生您那次在台湾的'名片事件'（指那次王怀让访台期间，名片用完了，到打字社印。写下电话号码时，打字小姐惊问：'大陆也有电话了？'）就说明内地和家乡的变化，台湾人还不太了解，但我了解。每次回去我都拼命给他们讲家乡的变化……"

对"家"的亲情，闪烁在柏老和张香华女士满腹的话语间；对"家"的理解和欣慰，充盈在他们奔腾不息的血液里；对家乡人走上富强的欣喜和渴望，洋溢在他们真诚的面孔上。在一位同行请他题字时，柏老写道："饮故乡水，见故乡人，越来越醇厚的，是这份乡土之情！"

二、"用爱心用笔，笔才是笔"

倾听柏老的谈话，我感受到他如行云流水的话语里，仍流露出"十年杂文"时那激扬文字的锐气和铿锵；我似乎触摸到了那78岁高龄却依然幽默机敏、睿智深邃的思维，他言语间折射出来的思想，无不闪烁着智慧的光芒。当诗人王怀让和他谈及那本由美国爱荷华大学一席演讲而诞生的《丑陋的中国人》时，柏杨先生一脸严肃，他说："……我是对我们的国家和民族身上存在的一些问题爱之深而痛之切。有人说我的语言刻薄、偏激，但我在猛砸'酱缸'的同时，我依然认为：我们的民族仍然是一个很优秀的民族，但我们身上存在的问题，我还是坚持说过一些话。我的话如果说是有些偏激甚至'恶毒'，我也是在试图让它成为一剂良药，送给下一代。我们的希望在下一代，我认为下一代要比上一代好，不然社会就是堕落的社会，民族就是堕落的民族……"

有人插话："那么您认为河南人在您的心目中是否'丑陋'呢？"

柏杨先生大笑："这个问题，我没法回答。我是河南人，在座的都是乡亲，我还是避开这个问题吧！"

据我了解，绿岛十年铁窗，柏杨出狱时已是满头白发，今晚却乌黑盖顶，显得神采奕奕，于是提出疑问，柏杨先生恢复了他的诙谐和幽默：

"头发是真的，颜色是假的。我现在事事都得听夫人的安排，染发也不例外——大陆叫'妻管严'对吧？"

年龄是客观的现实，而生命之树常青却是柏老永远的追求，仅仅是那浩浩繁繁72册的"柏杨版"《资治通鉴》的十年翻译生涯，其一月一册的速度，就足以证明。因此柏老声明："如果我能活到80岁，就坚决不染发了，夫人说也不行。如果生命衰老，创作枯竭，修饰便为姿态，已没有必要！"

在谈话中，我听到了柏老那博大的胸怀对两岸一脉相承的文化的理解和包容。当作为东道主的王仁民和赵义军两位老先生邀请他担任"河南炎黄文化研究会"的顾问时，柏老谦虚地说："哎呀！这个可是大学问的事儿，我恐怕担当不起呀！"作为炎黄二帝巨塑发起人的王仁民先生又向他详细介绍了炎黄二帝巨塑目前的情况，柏杨先生由衷地说："这可是在为中国人做大好事啊，功德无量！我们都是炎黄子孙嘛。"其实传统文化香也罢、臭也罢，伟大也罢、"酱缸"也罢，这种文化的渊源以及共性，肯定是两岸50年的闭塞和隔绝所不能切断的。"十年杂文"，柏老用手中的笔，赋予深深的赤子之心，于"情"于"爱"之中拍案而起，疾恶如仇，冷嘲热讽，仗义执言。其"位卑未敢忘忧国"的拳拳之心，无不从他呕心沥血的文字中渗出……

事后，我在第二天拨通他下榻的宾馆房间的电话时，张香华女士在电话的另一端讲了她对柏杨的理解和钦佩："……他办事效率之高，写作量之大，让我吃惊。即使在绿岛的囚室里，他也仍然在磨难中潜心向学。他在用旧报纸糊成的纸板上，写出了3部历史研究著作（《中国人史纲》《中国帝王皇后亲王公主世系录》《中国历史年表》）。翻译《资治通鉴》时，虽然他的视力越来越糟,有时不得不停下笔来,坐在那里叹息,但他仍然把自己囚在书房里。朋友们都把我们的书房称作'劳改营'。'十年历史'与'十年铁窗',过去的绿岛与现在的书房,只不过心情不一样、生活的意义不一样而已……"

我在电话中还了解到:在70岁以前,柏老的身体一直很好,不知道什么叫生病;甚至70岁以后,他还不知老之将至。后来却连续做了脊椎和心脏上的两次手术,连接心脏的血管4条堵了三条半,他才不得不收敛了手中的那杆铁笔。但他依然关注两岸文坛的动态,他说是责任感和爱心驱使他固守中华文化中"以天下为己任"的那种传统的共性。

记得那晚柏老在给一家报社题字时写道:"用爱心用笔,笔才是神笔;用邪恶的心用笔,笔不过是一支谋生的工具。"

三、"商人是没有国界的,不能要求外商为了爱国而投资"

时间在时而轻松时而严肃的交谈中淌走,柏杨先生丝毫没有疲惫的表现。一位商业类报纸的记者用几个经济方面的问题请教柏老,张香华女士调侃道:"柏杨先生这回肯定没话讲。他从小就厌恶算术,到现在还不善于算账。他经常把一些加减乘除的数字在计算器上算完,再拨电话到别人那里替他验算答案。"

不想柏老笑了笑,说出来的见解仍然像他的杂文那样一针见血:"我不是经商的,但我认为:商人不会因为爱国而投资,绝对不会!这是一个相当大的误解。商人就是要赚钱,他说'爱国'那是赚钱的手段。商人是没有国界的,所以我们不能要求外商为了爱国而投资。"

说到外商对祖国大陆改革开放的作用,柏老的看法很有哲理:"我们都是呆子吗?你要赚钱我就把钱给你。但是外商在赚我们的钱时，他是要把东西卖给我们、换成人民币藏起来的。人民币是张薄薄的纸，到了他们国家有什么用？他们不是什么都没有了吗？整个国家资源枯竭了嘛。所以他们一定要用赚来的钱再把我们的物资买过去，我们同时也就赚了他们的钱。因此，外商不管是否真的爱国，我们都需要他们，都需要和他们沟通。但商人就是商人，不要对他们抱什么希望。外商对我们的国家有多少帮助？一句话，没有帮助也会有帮助，因为我们的经济活起来了。"

一席高论，全场愕然。

四、张香华："我永远落在后面的"

柏杨先生和他的太太张香华女士，一个穿戴随便，一个身着黑裙时装；一个操着一口白首不变的乡音，一个说着一口稍带闽南味的普通话；如果不染发，柏老已是年逾古稀的皓首老人，而张香华女士身上却散发着现代职业女性的魅力。因此，他们身上处处体现的个性，有较大的差异，但当年他们的组合，却早已是誉满文坛的佳话。他们在相濡以沫地携手走到今天时，除却生活中的同舟共济，其实在文坛上他们仍保持着各自的风采。虽然在1991年及1992年那两年当中，这对文坛伉俪双双荣获世界上诗人的最高荣誉——国际桂冠诗人奖。但在我的意识里，柏杨和杂文、张香华与诗歌，似乎各自仍然有最紧密的联系。因此我便有了"柏杨先生写杂文，您写诗，是您的诗对他的杂文影响大，还是他的杂文对您的诗影响大"这样一个显得很幼稚的问题。

张香华女士听完，攀着柏老的胳膊，把问题抛给了他："你说呢？"

柏杨先生一笑："人家在问你呢！"

青春的边沿

张香华其实对这个问题有很圆满的答复,她说:"我想,我认识他时,我们的年龄、经历,构成了我们各自作品的内容和风格,而在成就上,我是永远落在后面的,但我是一个很喜欢学习、很喜欢吸收的人;尤其是到国外看了以后,我总在不断地告诉他一些域外的信息,做一些比较。至于说作品相互的影响,我们的思路是不一样的,比如说:他自己的经历,他的性格,他的使命感,跟我出生在这么一个单纯的世界里是有很大的不同的……"

张香华谈到这里,停顿了一下,看了一眼身边的柏老接着说:"柏杨先生对我的影响最大的,是他一天到晚忧国忧民的样子,甚至我们在日常的家庭生活中,也一天到晚在谈中国人的问题,中国社会的问题等。谈得多了,我都觉得吃不消了。朋友说:这样子你活得好辛苦呀!我也觉得我们活得辛苦。有时候,我就想:跟他讲的内容可不可以换一个话题。因为个性的不同,和生活经历不同,有时候对事情的看法也就像刚才王怀让先生讲的那种两面性,有时候我甚至觉得是多面性。因此有时也争论,而且争论得很激烈……"

"文化沙龙"的气氛应该是欢快而热烈的,但张香华女士这一番话,却把在场的人带进了一片忧国忧民的气氛里。正是这种一天到晚心系国家和民族的紧迫感和使命感以及那坎坷多难的人生历程,才染白了柏老项上那绺绺青丝,才孕育出来那一篇篇振聋发聩的檄文,才诱使他走下绿岛,发出了对史书的翻译过程中反思后的声声追问……

快到子夜,"文化沙龙"才在一声声问候中结束,78岁高龄的柏杨先生仍未见疲态……

柏老,不老!循着这一夕的交流,我想起了柏杨先生的一句话:"我的新生命,在工作里成长。"

刘震云"梦回故乡"

阳春3月，刘震云又回老家来了，而且仍然是偕夫人郭建梅一起回来的。他仍然到姥姥的坟茔前去作"心灵的拜别"，仍然盘着双腿坐在老家的街巷里和父老们聊天，仍然喝故乡的"玉米糊涂（玉米粥）"、吃故乡老榆上的榆钱儿……

对一个作家的认识，往往从他的作品开始。我对刘震云也是这样。

我记得很清楚：还是高中刚肄业的时候，我偶然就在《小说选刊》上对"刘震云"这3个字的印象深刻起来。这缘于我读到的他的那篇《塔铺》。由附在小说后边的作者介绍我才知道，原来那场让我看得荡气回肠、泪落两颊的爱情故事是我的一个邻县老乡写出来的。我的故乡封丘在刘震云的故乡延津的东面，两县相邻。后来，我去新乡路过延津县城西的塔铺村时，从车窗里伸长了脖子往路北那个叫塔铺的村庄张望了很久，也没有发现他在作品中所写的那座半截土塔。于是，不免有些按图索骥后却没有如愿的失望，同时，也对这个近老乡不信任起来……

十余年后在京城见到刘震云时，正赶上他"八年孤灯，二百万字打造世纪绝唱；4卷巨制，血中沤出《故乡面和花朵》"。拉着我坐在《农民日报》他那间狭小拥挤、光线昏暗的办公室里猛侃了一上午足球。可惜他找错了对象，我这个"球盲"只有晕头晕脑地傻听，连话都不知道该往什么地方插。

中午吃饭的时候，在《农民日报》大门旁边的一家小饭馆里，我才有机会提出了"在塔铺村究竟有没有那座半截土塔"的疑问，埋在肚子里十多年的芥蒂终于找到机会向始作俑者证实了。没想到这个问题却歪打正着，把他的话题从足球勾回到了他的《故乡面和花朵》上。他脸上刚才还神采飞扬的"球迷表情"随即变得凝重而深沉……

在我和刘震云没有见面之前,我就已经从他的作品以及铺天盖地的新闻报道中感知到了他的故乡情结。那时,因为他的200万言的《故乡面和花朵》刚刚面世,且在尚未出版之前就已在《花城》、《钟山》、《上海文学》等多家文学期刊上同时选载了,因而,让我有了"感知"的很多渠道。在这么多年的过程中,我对刘震云的故乡情结也同样是从他的一部部作品中体会出来的:《塔铺》、《官人》、《一地鸡毛》、《故乡天下黄花》、《故乡相处流传》等,直到近时读过的《故乡面和花朵》的部分章节。报刊上的"新写实主义"、"新现代主义"以及"幽默凌厉、奇异深邃的表现手法等"等的评论已经够多了,而我作为他的同乡人,只想和他细叙故园的风土人情。

就从那"半截土塔"开始,刘震云放下了啤酒杯,眼睛里透出了一种深情。也许,他的心已悄然飞回故乡,飞回了他梦中常常浮现的漫地黄花丛中……

"我其实每年都要回故乡一趟。尽管我只在老家生活了15年,但那片土地上流落着我最深的记忆和最厚实的思索。姥姥还没谢世时,每年的春节我和妻子都回家去和姥姥一起度过。如果哪一年不回家,我总觉得像有什么东西放不下……我离开家之后,大部分时间不再生活在那片土地上,故乡的一切,反而在我面前更加清晰、活跃起来……"

刘震云又提及了他的姥姥。他的第一部长篇小说《故乡天下黄花》的扉页上印着:"此书献给我的外祖母。"也许,老人家在他的心目中已经变成了故乡的一个坐标、故乡的一种表征了。他在刚出生8个月时,就被姥姥抱到了她家里。那个时候,正赶上1960年全国人民一起饿肚子。饥饿的童年,他印象最深的竟是"姥姥碗底的豆糁儿"。

"姥姥将上边的白水'咕咚咕咚'地喝下,碗底就剩下一些豆糁了,我的眼睛就直勾勾地盯着这些豆糁……"刘震云说这话时脸上的表情让我明白什么是"一往情深"。

在他的作品里,也处处渗透着刘震云少年时在故乡土地上凝成的思想。评论家们称,在他的《故乡面和花朵》中,在冷峻、洒脱、玩世不恭、不动声色的叙述后面,通过"成年人的3个梦魇的相互干扰、相互交叠、相互影响"以及"一个少年的梦想和对一个固定年份的深情的现实回忆",暴露出了人类心中的冷漠、梦想与耻辱。而儿时的故乡对他的印象和哺育,加上走出故土后对人生、历史、社会的思考与感悟,使他具备了对这个纷杂世界的最具穿透力的感觉。

在横跨千年的历史中,刘震云把我们因为忙碌而忽略的情感、眼泪、痛楚、幻想、梦和一念之间,人与人、人与其他动物、人与树木花草乃至万物生灵之间产生的意识之外飘飞的冲突、暴力、寻找和丢失的过程,用他在作品中构筑的"故乡"的景象徐徐体现。一辆羊角把自行车,一碗乡村路边小铺的杂碎汤,一个具有显著时代标志的摇把电话,一个刚嫁到村里的新媳妇身上散发出的性的气息对少年时他的性启蒙,一枝花,一叶草,一只青虫,一片雪花,一滴猪血,一座哗哗流水的小河上的木桥,一场谈话,一个行动……最后扩大到一个村庄,一个世界和一个宇宙……故乡就这样在刘震云的作品里承载了他的生命个体对整个世界的体验,故乡也成了一个充满想象和寓意的世界……

正在我写作这篇短文的时候,同事送来他刚刚读到的最新一期《作家文摘》说:"你不是正在写刘震云吗?你看看他是咋写别人的。"我接过来,那是一篇题为《巴掌与世界》的千字短文,内容写的是刘震云眼中的另一位河南籍作家阎连科。"阎连科脖子短,脸黑,说的可能是普通话,但没有一个音节能不挣出河南口音……阎连科是农民的相貌小姐的身……"

青春的边沿

依然是那么幽默机智的语言。其实，他调侃阎连科的话，除了描写相貌的语言略作改动之外，不也是在调侃他自己吗？从河南走出来的作家，不管混到哪里，咋也脱不掉大平原赋予的那股土腥味儿。故乡的烙印、故乡的秉性，估计要携带一辈子。因为这些东西早已渗透到了他们的骨髓里，甩也甩不掉！

3年多以前的那次对于"半截土塔"的求证，没有结果。刘震云终于也没有给我一个清晰的答复。我便很长时间还心存芥蒂，直到这一次得知刘震云偕夫人再回故乡，又在他心中的那片圣地走了一圈儿的消息后，我才突然明白：小说终究是小说。按照小说中构置的场景、人物去"按图索骥"，原本就是幼稚可笑的。刘震云写的是小说，所以他并没有欺骗谁，包括我。

4年前刘震云90多岁的姥姥去世了，故乡少了一位他最牵挂的老人，但故乡的黄花依旧、一切依旧。他仍不时回到故乡，每次都会到姥姥的坟头上做一次"心灵上的拜别"，但每次"拜别"后不久，他又开始魂牵梦绕那片土地，以及长眠或者依然生活在那片土地上的故乡人。于是，他遏制不住心头的牵绊，只好再从京城回来"拜别"。

他在现实中回到故乡，他在梦中回到故乡，他在作品中回到故乡。他在《故乡面和花朵》中说：

"几十年后，你的现实生活已经抛弃了你的童年和少年，你已经变成了你自己所不认识的陌生人，你在梦里跌倒在一场铺天盖地的面粉里时，你徒劳地想呼唤一朵早年的梦中的花朵。这时，漫山遍野的宏大乐队开始轰鸣出一曲惊天动地和排山倒海般的乐章。这时你在梦中流着泪说：今生今世，原来他乡是故乡！"

大雪纷飞，泪雨滂沱，梦回故乡，面和花朵……

为什么他不能常做故乡人？为什么他会离开生他养他的故土家园？在那200万言的小说"题记"中，刘震云说："为什么我的眼中常含泪水？是因为这玩笑开得太过分。"

高贵刘郎

我静静地坐在北京这间斗室里,望着显示屏上的那两张照片,一支烟已经燃去了大半,仍然没有收回目光。照片上的刘老师,还是那么熟悉,眼睛沉静执着地望着远方……

最后,我打下了几个简单的文字:"想念您了!"

也许会有朋友说我这几个字是作秀什么的,但是如果你能和刘高贵先生(笔名"刘郎")在一个单位里待上4年的话,我相信,你若是有一段时间没有见到他,肯定也会下意识地敲下这几个字的。

他的确是一位为师、为友,为同事、为弟兄,其浑身散发出的品格魅力,都浓酽如茶的中原汉子!

5年多以前的国庆节前夕,我抱着自己的发表出来的几篇不成样子的各类文章,去那家杂志社应聘,接待我的就是高贵先生。还是在我们成了同事之后,我才知道,在这之前,他就已经编发过我的一篇小文了。

去应聘之前,我们仅有过一面之交,是在一个二三十个朋友一起活动的场所,聚散匆匆。他注定不会对我留下什么印象。我既没有文凭,又没有关系,但很幸运,据后来我的好几位同事都给我透露,是高贵老师力排众议,把我留下的。

那次应聘,我本没有抱什么大的期望,但是高贵老师给了我一个机会,这个机会我并不理解为他为我提供了一个工作的机会,在今天看来,而是他给我了一个能够有幸做他的下属,并做他的学生的机会。我曾经给我的家人和朋友说过一句话:"这辈子,做人和作文,我从高贵老师身上,受益匪浅!"这样的话,我后来不止一次地给他说过,但他总是付之一笑。无论他是否认可,至今我依然这么认为,而且,不管在任何场合,我都给

青春的边沿

很多朋友提过。

比如说工作，在我还不知道"编辑"是什么概念的时候，他会从如何数一篇文章的字数开始点点滴滴地说给你。

比如说特稿，在我还不知道"特稿"是什么概念的时候，他会替你找线索、讲题材，然后交代我如何采访，回来后怎么制作大小标题，写完后帮我润色，最后在四处打电话帮我"推销"出去，稿费装进了我的腰包后，他高兴得还要请我吃饭。

比如说生活，我自己胖了还是瘦了，精神是萎靡还是振作，我的家人也许都没有发现，但他总能在你一走进办公室，就微笑着问我"昨晚又熬夜了吧"？"你这段儿可是瘦了，注意身体吧。过了35岁，你不能再透支精力了……"

比如说人际环境，我的性格有迂腐固执的一面，他会在不经意间提示我应该注意和同事、朋友相处时应该怎么去遮掩锋芒。

比如说出差，他是我的领导，但我极少会在早上比他先醒来。跟着他出差，我大可以什么心都不操，大到工作怎么做，小到车票怎么买、该带些什么食物饮品，他都很细心地一样不落地早就准备好了。

比如说功过，他总是把工作中的责任在社领导面前揽到自己身上，对工作中的成绩不像别的人那样口是心非地说"是大家一起努力的结果"，而直接就说成是某一个人做的，怎么做的，做的过程中遇到了什么困难等，这些工作中的细节，连下属本人似乎都没有他体会得深刻。

比如说荣辱，他把功名利禄看得云淡风轻，他把很多机会都让给了竞争对手，甚至自己的下属。我最后一年离开单位时，明明应该是他的荣誉，他却给自己在社长办公会上免去了一票，而把荣誉让给了我。

不仅仅是对我，对他的其他老部下是这样，在我离开单位之前的一次招聘新同事时，我再一次从之前素不相识的新同事口中，验证了我所领略的高贵先生的人品魅力。几位新同事第一天到单位上班，拉开抽屉，先吃了一惊：一个编辑所需要的一切办公用具，剪刀、胶水、订书机、直尺等，一应俱全，这是前一天他领着我和另一位同事绞尽脑汁想了一上午，一一列在纸上，照单买来的。所有能够想起来的都想到了，他说："人家一来就要工作，咱们是老人了，新人对单位不熟悉，能帮他们多想想，就多想想吧……"

新同事共事不到一年，就因种种原因而四散了，我也在最不能离开他的时候离开了那个单位，但每一位同事的"送行筵"上，要走的人都泣不成声……

在那个单位里，高贵先生领导的那个部门，"就是一个小家庭，刘老师跟个大哥一样，领着我们过日子"——这是后来大家在不同的场合，说出的几乎完全一致的话。

我不想细列更多的琐事来诠释如上我自己的结论，我也不想通过自己的嘴巴，说高贵先生是个完人，因为我没有资格去为他做什么结论。人行在世，卑贵在身，但我会一直把"这辈子，做人和作文，我从高贵老师身上，受益匪浅"这句话，装在心里。

我曾经在一篇文章里写道："在我心中，社领导都是一个个很称职的老大哥，尤其是我的顶头上司——编辑部主任，对下属的一些很细微的生活问题，几乎都关怀得无微不至，令你天天都怀着一种感激和报恩的心情去工作。一开始，我就是天天在这种十分庆幸的心情中玩儿命干活的。就这样一口气干了4年零两个月，直到我宣布辞职的前天晚上，我还加班到夜里10点，甚至在当天上午，我还趴在电脑前，认认真真地处理着几篇来稿。"我那时觉得，我即使在他手下只做一分钟的兵，也要把我的姿势一丝不苟地站得更正！

但最终，我还是在他处境最严峻的时候，从他的手下当了逃兵，这使我至今都觉得无颜再与他见面，但他再一次见到我

青春的边沿

时,最先说的一句话却是:"我一直在替你担心,就你的性格,到了一个陌生的单位,会吃亏的……"

这是现实中很本真的刘郎。"文如其人"的话是老话了,为什么他笔下的特稿,能够把一个很卑微的人物、很不起眼的事件写得入骨入髓、字字撼人?是因为他常怀一颗至善之心、大爱之心做人、作文,因此,他的文笔才能剖开美丽或者顽劣的人性,才能在红尘万象中,树立起自己以人格、人品行世的旗帜!

刘高贵——感谢他的高堂父母赐予他的这个名字。

高贵刘郎——他没有辜负双亲在这几个文字中承载的企盼!

泸沽湖散记

没有哪一个地方,能让我在两年之内,怀着永远留恋的心情前去拜谒3次。在我经历的旅途中,只有川滇交界处那片神奇的山水,才会有如此的魅力……

聆听母亲湖

那颗被上帝遗落在横断山脉深处的珍珠——泸沽湖,被人称之为"母亲湖"。她周围那片美丽的山水,被人称为"上帝创造的最后一片地方""最后的母系家园"。在这片土地上,世世代代生息繁衍的摩梭儿女所固守的走婚习俗,被社会学家称之为"人类历史的活化石"……

旖旎的湖光山色孕育了神秘浪漫的民族文化。我第一次来到这里，来不及卸下行囊，便旋即醉倒在这女神山下、泸沽湖上梦幻一般的天光云影之中！

我惊呆了！接着，我的眼睛就有些潮湿，用手一抹——那是泪水！

没有去过泸沽湖的人，从道听途说中想象她梦幻般的模样时，一定会有很多美丽的意象支援自己的想象。然而，等你一旦真的来到母亲湖的怀抱，你就会发现，你所有与美丽相关的想象都是那么蹩脚！

最后一次辞别泸沽湖，算来也有大半年的时间了。几乎算是以写字为职业的我，却没有写下一个与泸沽湖相关的文字。我实在是不敢轻易动笔，我害怕我这支秃笔写出的更加蹩脚的文字，玷污或歪曲了她无法述说的美丽。曾经在泸沽湖生活了很长一段时间的我国台湾著名画家、学者李霖灿先生说："泸沽湖只能领悟，不能言传。"于是，我只有端着相机，用镜头去忠实地记录母亲湖那如梦如幻的卓越风姿。然而，镜头记载的，只是我这双愚笨的眼睛所看到的泸沽湖表面悬浮的姿态。母亲湖真正的韵味，还需要在眼睛之外，再加上一双耳朵去倾听，而且，最好是在早晨，或者夜晚。

我曾经聆听过泸沽湖的夜，我最神往的也是泸沽湖的夜。因为只有暮色苍茫中的母亲湖，才更能让你觉得隐隐中有一股血脉，与她相连！

太阳已经落下，月亮还没有升起。一个人，沿着湖岸，轻轻地走。远处，有一点点渔火，还有一叶叶收网归巢的猪槽船；湖面上的小岛，如同在暮色中披着面纱、静静等待"阿注"（包括下文的"阿夏"，均为摩梭语"情人"的意思）叩门的摩梭女，沉静而贤淑。近处，不时有形色匆匆的摩梭兄弟走过，他们是去心爱的"阿夏"家走婚的；他们来不及和我说更多的话，便憨厚羞涩地微微一笑，转身赶路。水鸟在湖面上翱飞。散落

第四辑　一梦蝴蝶

青春的边沿

在湖边的木棱房上，已升起一缕缕袅袅炊烟，那是火塘边的老祖母正在为儿孙们准备晚餐……

这时的母亲湖，温馨而又浪漫啊！

月亮升起来了，夜，好像凝固了；母亲湖也在这样的夜里，静静地睡去，四周没有一点儿声音。只有在这样宁静的夜里，才能让我的思绪飘得更为悠远。身为母亲湖的客人，我想起了家乡。家乡有这么纯美的梦吗？尽管家乡亲人的梦里可能会有我的身影，但他们不知道，此时我的灵魂，正游走在另一个古老而又曼妙的、童话一般的梦境里……

攸地，一阵歌声从女神山下的松林中传过来，不嘹亮，但很深情。可惜我听不懂摩梭语，但我知道，那是约会的"阿注"、"阿夏"们在用自己的方式表达爱情。

又一个声音传过来，这是一位母亲在唱歌。从她那慈爱悠悠的韵律里，我知道这是催眠曲。她的孩子一定会在她的吟唱中，静静地在母亲的怀抱中睡去。

我又听到一阵脚步声——是轻轻地走上木棱房楼梯的脚步声。那是走婚的"阿注"走近花房的声音哦。摩梭儿女的爱情，就在这暮合晨离的脚步声中代代传承……

不知道是什么时候了。在这样的夜晚，你会遗忘一切，包括时间。我在湖边一条泊岸的猪槽船上轻轻地、小心翼翼地坐下来。我生怕自己的鲁莽，发出一些噪声，破坏了母亲湖这夜的韵味，因为，我仅仅是这里的客人。

母亲湖的夜，会让所有躁动不安的心沉静下来，在她的怀抱中安静地睡去。那晚，我在红尘中沾染了太多芜杂的灵魂，就安妥在那片远离尘世的净土上，进入了一个身心澄净的精神天堂……

第二天早上，当我被来湖边汲水的那位阿咪（摩梭语：妈妈。也泛称老年女性）唤醒时，母亲湖也在红得让人热血沸腾的满天朝霞中醒来了……

月光下的锅庄舞

第一次踏上这片神秘的世外桃源，其实是缘于一个十分偶然的机会。那是 2000 年 6 月，深圳的《女报》杂志社组织了一次笔会及民族文化研讨会。我们在春城昆明集合后，经东巴古城丽江，转道泸沽湖。这片远离尘嚣的神山圣水，是我们这群从世俗中走来、惯于看见一片落叶就要抒情的酸腐文人最后的目的地。

大巴车经过宁蒗县城，旋过一道道九曲回肠的崇山峻岭之巅的云端险路，夜幕已经降临。一阵阵耳鸣、头晕的高原反应，仍然无法抑制我们被导游勾起来的、极想及早掀开"女儿国"神秘面纱的渴望。

这里的夜，是从一座座山峰上苍莽的林子中漫出来的。山那边的晚霞还依依不舍地拥围着远方，车窗外近处飞驰而过的一片片林海便率先黑了下来。等大巴车爬上又一座险峰，开始盘旋而下的时候，夜已经完全阻断了我们的视线……

突然有一片灯火，突然有一阵欢声笑语。我们还都在懵懵懂懂地计算着泸沽湖还有多远时，就这样骤然掉进了摩梭父老们的盛情之中。

原来我们早已来到了母亲湖的怀抱里，摩梭兄弟们来接我们进村了！他们穿着自己的民族服装，每人牵着一匹马，在湖边等待。

尽管看不见仰慕已久的泸沽湖的面容，但我们就这样走进了神秘的女儿国——不是用脚，而是骑在驮起了世世代代摩梭灵魂的马背上，来到了泸沽湖畔的落水村。

摩梭人的骏马把我们驮到了一个名叫"摩梭伊甸园"的、

青春的边沿

几乎全是用圆木搭建起来的庄园门前，一群头戴红花，身穿七彩盛装的摩梭姑娘，唱着我们听不懂的迎宾曲，为我们端上了一碗又一碗的"苏里玛"（摩梭人家酿的一种酒，常用来招待客人），为我们献上了象征幸福吉祥的哈达……

一连喝完3碗"苏里玛"美酒，我们迅速醉倒在这古朴热情的气氛中，忘掉了一切！

"摩梭伊甸园"的院中央，早已有一堆篝火在燃烧，一丛丛腾空而起的火焰，一如我们亢奋的心情。

锅庄舞会开始了！

我接触和领悟摩梭文化，应该是先从摩梭歌舞开始的。那晚，我第一次领略了这个高原民族狂欢之夜的热烈和浪漫，体味到了神山圣水精神血脉的律动。

据后来结识的摩梭朋友格则多杰介绍，锅庄舞又叫"甲搓舞"，是摩梭人世代相传的表达自己各种情感的舞蹈。在领头的那个小伙子的一支横笛吹出来的清音中，大家男女相间，牵手搭背，围着篝火，歌之舞之。循着曲子而随意唱出来的歌词，或赞颂母亲恩情，或追忆如烟往事，或表达痴心恋情，或倾诉亲朋厚谊……在一阵阵"啊哈巴拉"的深情的旋律中，在一阵阵"喏——喏——"的应和声中，摩梭儿女对甜蜜爱情的向往，对祖母、火塘的崇敬，对美好明天的憧憬，便淋漓尽致地泼洒在四野的山间，随夜风流淌……

今夜，母亲湖不再沉静；今夜，远方的客人长醉不醒……

摩梭小伙和摩梭姑娘一边踏着舞点，一边对着情歌。那一塘篝火，跳跃着激情。歌词我们可以不懂，但人的情感和音乐的语言是相通的。再矜持的姑娘，再沉稳的小伙，也无法拒绝这样的激情飞扬。我们纷纷加入了锅庄舞的行列，把自己淹没在摩梭儿女的歌海舞潮里……

同行的一位来自北京的青年作家，再也找不到抒发自己那种如痴如狂的情感表达方式了,他突然脱离了舞着歌着的人群,扑通一声跪在那塘篝火前,痛哭失声!一位摩梭姑娘来拉他,他突然站起来,抱着那位美丽的姑娘忘情地亲吻。我们惊呆了,而参加舞会的摩梭朋友,却纷纷鼓起掌来……

我们那时真的无法理解,神秘浪漫的女儿国,怎么会如此宽容远方来的客人。月光下走婚的情侣,就是这样在格姆女神的注目下,在这如癫如狂的歌声中,开始牵手爱情的吗?

舞会结束了,湖边另一丛篝火上肥美的烤全羊那诱人的香味儿,早已随夜风飘来。吃着手抓羊肉,喝着"苏里玛"美酒,我们谁都说:初到泸沽湖的客人,肯定夜夜无眠……

在这之后两年的时间里,我去过3次泸沽湖。这样的锅庄舞会,我数不清参加了多少次,但唯有另一次锅庄舞会让我铭记终生。那是我在泸沽湖畔认下了一个漂亮聪明的女儿之后,她13岁时举行"成丁礼",全村人专门为她举办的一次舞会。

在那场春节过后、几乎通宵不眠的锅庄舞会中,有一位摩梭女神在月光下诞生,她是我的摩梭女儿——次尔玉佐。

醉歌泸沽湖

初到泸沽湖的那晚,带着锅庄舞会的激情和迷醉,我们在泸沽湖畔的夜风中睡去。宁静,又还给了夜色中的母亲湖……不知道过了多长时间,我被同舍来自北京的青年前卫摄影家黑子唤醒。揉了揉眼睛,打了个哈欠,拉开窗帘,仅仅向外瞄了一眼,我便刹那间惊呆在那里!

临湖的"摩梭伊甸园"二楼的大玻璃窗,几乎就是一个画框,在这个"取景框"内,远处是朝霞映红了的格姆女神山,那颇似一位披长发的母亲的轮廓的山顶,有一团红云。女神山就像掀去面纱的、羞涩的少女,朦朦胧胧地逐渐显露出娇媚的脸庞。

青春的边沿

山腰及山下的原始森林，仍是一片黛青色，就如同从格姆女神头顶揭去的面纱搭在了肩上。湖面上袅袅升起的晨雾，悠悠移动着的一叶叶猪槽船，翩跹的水鸟和朦胧的小岛……晨风从窗前轻轻走过，送来了起早"出海"（摩梭人称下湖打鱼为"出海"）打鱼的摩梭儿女那深情的歌声……

如果你是第一次来到泸沽湖，而且是第一次骤然见到泸沽湖的早晨，我相信，你一定也会和我一样，在刹那间震惊！然后，把这瞬间的记忆，永恒地定格在你的内心深处。

我站在窗前，痴痴地呆望着窗外那如诗如画的景色，忘记了一切。黑子拍了一下我的肩膀，催我下楼。

按计划，那天我们要起早，到湖对岸的小落水村。我们吃了早饭，下了木楞房，刚来到湖边时，忽然看见远处有一排轻舟向我们飘来，在仙雾渺渺的湖面上，如同一幅画的点缀。近了，我们又看见，撑舟的人男女老少都有，都穿着红红绿绿的摩梭服装，晨风飘起了摩梭女孩那洁白的百褶裙裾。他们挥着木桨，唱着荡满湖面的远古歌谣……更近了，我们又发现，这从画中飞来的十来条猪槽船，每一叶木舟上都被松枝和鲜花装点得五彩缤纷。

是小落水村的摩梭朋友来接我们了。

我们站在湖畔的30多个客人，还没等轻舟靠岸，就扯着嗓子用刚学会的几句摩梭常用语和这些朋友们搭上了话。舟未停稳，便一个个兴冲冲地跳上了船，然后一桨荡开去，清澈如镜的湖面上又融进了我们这些来自四面八方的、带着异地味道的、生硬的笑声——只有穿着摩梭服装，说着古老的摩梭语，喝惯了"苏里玛"，吃惯了猪膘肉的人才会与这里的山水水乳交融，过客的笑声是永远无法沉入这方山水的杂音。

摩梭父老热情好客，很快，我们变成了熟稔的朋友。猪槽船是独木舟，只能乘坐两三个人。我和黑子同乘一条船，为我们撑舟的摩梭小伙子名叫旦史，汉名杨林。长得很帅气，但他却与别的摩梭朋友不一样，一说话就脸红，很腼腆。初登舟相识时，我们还不知道，我和旦史的友谊，将会因为一位名叫次尔玉佐的小姑娘而长久地绵延下来……

不知道是谁起了个头，一声深情悠长的歌声，就像从很远的地方传来：

"小阿妹——小阿妹……"

接着，几乎所有撑舟的摩梭汉子都亮起了嗓门，跟了上去：

"……小阿妹——小阿妹！隔山隔水来相会。素不相识初见面，只怕白鹤笑猪黑——阿妹——阿妹——玛达咪……"

纵歌的汉子们声音刚落，所有撑舟的摩梭女又随了上去：

"小阿哥——小阿哥！有缘千里来相会。河水湖水都是水，冷水烧茶慢慢热——阿哥——阿哥！玛达咪——玛达咪——玛达咪……"

这边女声刚落，男的又唱："情妹妹——情妹妹！满山金菊你最美。你是明月当空照，我是星星紧相随。阿妹——阿妹！玛达咪——玛达咪……"

这是一曲情意绵绵但曲调不太复杂的摩梭情歌，渐渐地，我们这些客人也不安分了，南腔北调、东夷西番地随着也拿姿作态地唱，但却没分男女："……情哥哥——情哥哥！人心更比金子贵。只要情意深如海，黄鹤就会成双对。玛达咪——玛达咪——玛达咪……"

摩梭情歌曲情意绵长，歌声嘹亮但不失柔情。这方山水滋养的文化，只能属于这里。我们同行的湖南电视台的一位朋友，据说在单位是人人折服的"歌星"，刚摩拳擦掌、挑战性地唱了一句"对面的妹妹看过来——看过来……"立即就被同舟的朋友用手撩起来的湖水把歌声泼回了肚子里。大家异口同声："做作！""差劲儿！"

青春的边沿

该"歌星"不服气,又改唱《敖包相会》。刚一张嘴唱出"十五的月亮——"下面的歌词马上被摩梭汉子抢过去了:"……升上天空哎——"接着,湖面就再也找不到他的声音了——他彻底闭上了嘴巴。因为摩梭人个个都能歌善舞,不仅是本民族的歌,连时下的流行歌曲,也鲜有不会的。随着摩梭汉子边撑舟边一首接一首地唱出来的流行歌曲,甚至港台歌曲和外国歌曲。"歌星"老兄连连抱拳:"服了,咱服了!"

和我同舟的黑子端着相机,满头大汗地一边拍照片,还一边和擦舟而过的其他船上的朋友打水仗。我提醒他小心点儿,别掉到水里,哪知,平时黑着脸不苟言笑的黑子,头都没扭摆过来一句很煽情的话:"真的魂断泸沽湖,死而无憾!"

对着情歌,打着水仗,两个小时的时光转眼留在了母亲湖的湖面上,湖彼岸的小落水村渐渐近了,站在湖岸等着迎接我们的另一群摩梭姐妹,正在阳光下向我们招手……

美丽掩遮的贫穷

一座青翠的松枝和缤纷的山花搭成的彩门,就坐落在小落水村紧靠湖岸的村口。在家等候的摩梭姐妹穿上了最漂亮的盛装,站在彩门两侧唱着摩梭语的《迎宾歌》,端着"苏里玛"欢迎我们。村长在我们每人喝下满满3碗的"苏里玛"酒之后,为我们献上了代表全村心意的哈达……

紧接着,小落水村的摩梭父老,簇拥着我们这帮远到的客人,来到了村子中间的学校里。当我们刚一走进这座学校那个圆木扎成的柴门,大家一直兴奋着的心情,突然如同掉进了泸沽湖之中!

这是座学校吗?木篱笆和泥土围起来的校园里,只有一座风蚀雨剥、不知道经历了多少年沧桑的、似乎马上要散架子的木楞房。木楞房共分3间，东西两间是教室，中间是老师的办公室。每间只能放下4张课桌的教室里，用木棍支撑着一块开了几道缝的木黑板。经过介绍，我们才知道：那个憨憨地笑着的小伙子曹浓浦，是小落水村里唯一上过初中、却没能毕业的中学生，他是这座学校的老师兼校长。那位娴娴地笑着的女老师姓时，是来这儿游览的深圳旅客，因惊诧于这里的美丽与贫困的巨大反差，忧于这里师资力量的匮乏，而留下来做了义务老师。时老师等自己的积蓄花完，就会离开这里。她大约还能在这里待上4个月到半年时间。这个学校一共分3个班：学前班、一年级和二年级。学生共有21名，从6岁到12岁……

我们这拨来自被现代文明包围得太久的客人，无论如何也无法相信眼前的这座木楞房就是一所学校。据我们那次笔会的组织者梦雨介绍：这里的孩子们，十几天前还不知道什么是"六一儿童节"。建校18年，不明白"少先队"是个什么组织，没见过红领巾是个什么样子。他们在曹老师的教诲下，从语文课本上知道了大山外朦胧的世界，知道了北京有个天安门，也知道祖国很大、很辽阔，但对大山外的世界的了解，却仅仅限于语文书上那几百个汉字所描述的、星星点点的内容……

已经在这里住了很长时间、几乎踏遍了泸沽湖畔所有的摩梭山寨的梦雨还介绍：摩梭山寨至今还有三分之二的村落未用上电——包括我们眼前的这个小落水村。前几年，乡里准备给小落水村办电，结果在一份由乡里起草好的、向上级有关部门呈送的报告上请村民们签字时，就因为村里的成年人90%都是文盲，不会写自己的名字，而使这份报告最终也没能送上去。小落水村的夜晚自然仍是一片漆黑……

这就是美丽背后掩遮着的现实吗？泸沽湖带给我们的美好印象迅速褪色了！眼前的这些热情好客、朴实敦厚的摩梭父老的生存现状与我们熟悉的灯虹如彩、繁华富丽的现代文明之间

第四辑 一梦蝴蝶

青春的边沿

的距离，太远太远。随着梦雨的介绍，我们的心渐渐沉重起来。

由梦雨、曹老师和时老师主持的欢迎仪式开始了。孩子们戴着梦雨他们刚刚捐助的、崭新的太阳帽和红领巾，整齐地排好队列，站在不大的校园里，唱起了国歌。同时，一面崭新的五星红旗也随着歌声徐徐升起……

谁也没有说话。我们这些客人都很自觉地加入了孩子们的队列，和他们一起，望着慢慢升起的国旗，庄严地与他们合唱《义勇军进行曲》。

这面崭新的国旗，是几天前的六一儿童节那天，在这片天空下升起的第一面五星红旗！

孩子们随着录音机里的旋律，行着标准的少先队礼，一脸严肃地仰望着高高飘扬的国旗，用他们那被泸沽湖水滋润出来的嗓子，把一首国歌唱得荡气回肠、字正腔圆。那一刻，我们这些所谓的作家、记者，都流下了泪水。来自广东和重庆的两位女作家，在升旗仪式结束后，蹲在地上，泣不成声……

我们为这里的美丽与贫穷，为这里的孩子们那纯净的心灵而泪流满面。只有这些孩子们，才是这里未来的希望！

接下来，孩子们和家长一起，为我们表演了很多节目：做游戏、唱山歌等，但我们却再也没有了笑容。

我默默地离开了人群，在这个美丽幽静的小山村里，一气儿拍满了4个胶卷。我那时有一个良好的愿望：我要用图片和文字，把这美丽的山水背后潜藏的叹息与无奈告诉世人，让大家在欣赏湖光山色、风土人情的同时，也能了解到这方土地上生活着的摩梭父老，为了满足我们探幽猎奇的心理，所固守本民族的民风而付出的生存代价！

最终，我们这帮来自四面八方的客人，为这里的孩子们留下了代表我们微薄心意的4000多元捐款。而我与我的摩梭女儿次尔玉佐的父女缘分，也从那一天开始……

埃菲尔铁塔，在讨伐的口水中铆进历史

"我要让法兰西的国旗悬挂在300米的高空！"100多年前，一名法国建筑工程师，仅仅凭着这句话，就在700多个法国大革命100周年和巴黎国际博览会纪念性建筑方案中，一举夺冠。他就是后来耸立在塞纳河畔战神广场上的那座成为浪漫之都的象征之一——埃菲尔铁塔的设计者古斯塔夫·埃菲尔，而当他夺标时，他甚至连铁塔的建筑图纸还没设计出来。

这就是巴黎人的浪漫，已经"豪气冲天"得有点儿匪夷所思了。

尽管如此，这个全部用铆钉和钢铁堆砌起来的独特建筑，在施工时，构件对接部位却全部达到了误差在0.1毫米之下的精确度——欧洲人的浪漫和严谨再度完美地结合在一起。从1887年1月26日开工到1889年4月5日，仅仅两年多一点儿的时间，这座在法国建筑史上无可替代的钢铁"巨人"就铿锵诞生了！它的精美、壮观和磅礴气势是无与伦比的。它高达320米，使用钢铁7000吨。

然而，就在这座铁塔尚未开工的时候，巴黎人却普遍认为这个将要出现的钢铁家伙，简直是往巴黎城的心脏上戳上一把刀子。经常高傲地行走在香榭丽舍大街上和出入于卢浮宫、凡尔赛宫以及红磨坊的上流社会的精英们，开始联名反对修建这座铁塔。他们在各种集会上发表演讲、并在报纸上刊登了300多位社会名流签名的倡议书，其中就有著名作家莫泊桑、左拉和小仲马："……我们——作家、画家、雕塑家、建筑师和所

第四辑　一梦蝴蝶

107

青春的边沿

有钟爱巴黎之美的人，以法兰西的品位强烈抗议、反对无用的、丑陋无比的埃菲尔铁塔，这将彻底毁灭法兰西的艺术和历史……"一位在当时十分有声望的数学家甚至预言，经过他精确的计算，此塔在建到221米的时候就要坍塌。此消息扩散到市井街肆之后，市民们恐慌了，他们开始控告政府，上街抗议。他们担心的是，如果这个庞然大物轰然倒掉了，那对周围的其他建筑和居民，将是一场巨大的灾难！

1889年铁塔建成了。当年3月，埃菲尔终于在这座诞生于自己手中、并以自己的名字命名的铁塔上向全世界喊出了当初的那句豪迈宣言："法兰西已是唯一一个能把国旗挂在300米高空的国家！"

但是，这丝毫不能改变反对派们对它的厌恶。有人曾经问莫泊桑，您为什么总到铁塔内的餐厅吃饭呢？莫泊桑狡黠地回答："因为在巴黎，只有躲在埃菲尔铁塔里，才是唯一看不到铁塔的地方。"

莫泊桑的机智其实恰恰说明，无论你躲在巴黎任何一座哥特式建筑里，俯仰之中，都不得不被埃菲尔铁塔俯瞰其再也高傲不起来的头颅了！

2005年4月22日至24日，我和十余位被东方文化滋养成一条条黄皮肤汉子的作家、编辑、记者们，在巴黎草率地感受了3天的法兰西文化，并登上了埃菲尔铁塔。

有一句老话说：建筑是一种凝固的艺术。就我个人的感觉，建筑艺术给予人的灵感，比其他任何个体创造的艺术形式对人的影响都大得多。它给予人的启示仅次于自然和历史。参观过卢浮宫、巴黎圣母院、凯旋门、巴黎歌剧院等或典雅严谨，或雄浑奔放的洋溢着欧洲式人文思想、又带着法兰西民族特有的浪漫情调的各种建筑之后，回过头来再登上埃菲尔铁塔，我顿然领悟到莫泊桑等"顽固派"，当年为什么那么强烈地反对建造这个藐视整个巴黎的庞然大物了——仅仅站在这座铁塔的第二层,巴黎的一切豪华富丽,便尽收眼底!埃菲尔当年的理想是让法国国旗高高飘扬,但他却没有顾忌到以其铁塔的高度,足以让古老的卢浮宫、凯旋门、巴黎圣母院等,都匍匐在它的脚下!

尽管埃菲尔铁塔竣工后,由于政府的支持和埃菲尔本人的耐心说服,那场发端于上流社会的抗议风波逐渐平息下去,但直到第一次世界大战爆发,埃菲尔铁塔以其突出的高空优势,竟阴差阳错地在无线电联络方面让法国军队具备了得天独厚的优势。战争的硝烟,最终让巴黎人打消了将它拆掉的念头,并冰释前嫌。体现上流社会接纳它的标志之一,就是埃菲尔铁塔终于进入了当时反对最坚决的艺术家们的文学作品和美术作品之中。

每一个不凡的建筑背后,或许都跟埃菲尔铁塔那样,有一段不凡的历史。但无论一座杰出的建筑诞生的背景是什么,它都无疑是一个城市历史、文化、经济的产物。这些建筑,也必然影响这个城市的文化、经济,甚至改变它未来的发展轨迹——埃菲尔铁塔之于巴黎,就是这样。

在我们的生活中,如果请你凭借自己的印象和记忆,描述你对一座陌生城市的印象,一般情况下,只有一个城市的标志性建筑才会率先进入人们的记忆。对于从未去过巴黎,或者已经到过巴黎的人们来说,最清晰的印象,也许首先就是这座耸入云端的埃菲尔铁塔,然后,卢浮宫、巴黎圣母院、凯旋门、凡尔赛宫等古老的建筑文化遗存,才会依次反馈在你的记忆里!再比如我们祖国的首都北京,一看见"北京"这两个字出现在眼前,我们肯定会率先想到天安门,然后才是故宫、长城、颐和园……

城市是由它的标志和历史构成的。如果说天安门是北京的

青春的边沿

标志,那么,埃菲尔铁塔就是巴黎的标志!

听过导游讲述的埃菲尔铁塔的相关历史,我明白了,是时间,让巴黎人、让法兰西人、让欧洲人,乃至全世界的人,逐渐接受了埃菲尔铁塔,并使它从巴黎上流社会散发着香奈儿味道的讨伐口水中,渐渐占据了巴黎标志性建筑的地位,使它与卢浮宫、巴黎圣母院、凯旋门、香榭丽舍大道等的巴黎风情一起,站立成了法兰西民族及其传统文化的象征——如果说卢浮宫、巴黎圣母院等象征着巴黎古老的法兰西文明,那么,埃菲尔铁塔则毫无疑问地象征着巴黎近代的工业文明!

埃菲尔和建设这座不朽建筑的那250名工人一起,仅仅用了17个月,就用250万颗铆钉,把埃菲尔铁塔铆进了法兰西的历史!

走在如今的巴黎街头,你会发现,古典意味与现代潮流如此完美地融为一体,充满着摄人魂魄的魅力。流连在卢浮宫、巴黎圣母院、凯旋门、埃菲尔铁塔等著名建筑下,漫步于香榭丽舍大街、塞纳河畔和亚历山大三世大桥上……梦幻之都的历史文化和衣香鬓影,让我们感到巴黎是这样的和谐与美丽。如果埃菲尔当年囿于反对者的口水而让埃菲尔铁塔胎死腹中,今天的巴黎,将会因为没有它的身影,而在繁华与浪漫之中,失去多少伟岸、阳刚的魅力!

梦蝴蝶

翻检纷沓而来的贺年片时,忽然就看到来自山西的一张,上面只有一句话:"老二,最近还是贼好吧?"

手里拿着那张纸片,便记起了我的"三弟"——山西某报的特稿部主任红霞妹子。

有二哥,有"三弟",自然还要有大哥在上头端坐着,于是,急忙找出电话本,给大哥——海军驻大连某部的上校刘永路打电话,拨了半天号,却是:"您拨打的号码已关机!"

我有快一年没和大哥、"三弟"联络了,他们也都"贼好"吧?

两年前,和大哥、"三弟"等十几名疯疯癫癫的家伙们浩浩荡荡去云南丽江、香格里拉等地开笔会,"三弟"红霞,我是第二次在笔会上见她了。头一次是那之前在西藏拉萨、日喀则等地的一次笔会,大家都紧张兮兮地忙乎着对付高原反应,一天下来,气喘吁吁、腿酸胸闷,体质差的忙着找导游要氧气袋,因此就没太多精力去"合纵连横"地拉帮结派。那次虽然没见着上校大哥,却见到了替上校大哥去开笔会的大嫂闫大姐,就让闫大姐给神交已久的上校大哥带了问候。

去云南就不一样了。石林的秀奇、丽江古城的风韵、虎跳峡的雄浑、香格里拉的神秘……彩云之南的美景一下子让大家乐不思蜀了。到了丽江,趁到会的其他人还没眨瞪过来,上校大哥把我们俩拉到一旁一嘀咕,我们立即结成了小帮派,向导游提出:"我们以前都来过丽江两回了,却没去过大理。明天你们在丽江活动,我们仨想趁机溜一天的号,暂时脱离组织,单独到大理活动一下子……"

那次笔会的行程,没有安排离丽江3个多小时车程的大理的路线,导游便很通情达理地恩准了,只是要求我们第二天上午9点之前必须返回,否则,到会的其他哥们儿、姐们儿就有权使用一些可以使用的办法惩罚我们。

天塌下来有老大顶着,谅他们也不敢把一位堂堂的海军上校怎么地;再说了,还有俺这巾帼不让须眉、动不动就甜甜地笑着跟小伙子们掰手腕儿的"三弟"红霞垫底儿,俺还怕谁?

青春的边沿

于是,我们"兄弟"仨第二天天不亮就单独活动了。"大理三哥们儿"的光荣称号也就从那时给俺们戴上了,到现在还没给摘掉。

去了大理,自然要在"水光万顷开天镜,山色四时环翠屏"的洱海泛舟,自然要去"胜地标三塔,浮图秘鬼工"的大理三塔下观云,自然要去"家家流水,户户养花"的南诏古城转转,这么一路争分夺秒地走马观花下来,到了那个因电影《五朵金花》而驰名天下的蝴蝶泉时,天已薄暮,一路上的路灯辉煌起来了。

蝴蝶泉公园的大门已经关闭了,我和"三弟"红霞的记者证一点儿用处没有,还是上校大哥拿出了他的军官证,把门的才让我们买了票,放我们进去。看来关键时刻,还得指望解放军同志排忧解难。

从大门到电影里阿鹏哥和金花们对歌的"蝴蝶泉头蝴蝶树,蝴蝶飞来万千数"的蝴蝶泉旁,至少还有两公里的林荫小路。我们"兄弟"仨顾不得观看沿途的凤尾竹、棕榈林和杜鹃丛,一路小跑地奔渴慕已久的蝴蝶泉而去。路上遇见几位很会做生意的白族姐妹,缠着我们非要租他们的民族服装照相,我们没空睬她们,他们就执着地跟着我们跑,一边喘气,一边极热情地给我们讲与蝴蝶泉相关的那些美丽得让我们脚步更快的传说……

终于赶到蝴蝶泉畔了,暮色中的蝴蝶泉神秘得如同一个披着嫁衣的少女。我们3个人弯着腰在微弱的光线下寻找《五朵金花》带给我们的印象中的蝴蝶泉的影子,末了却谁都没有说话。最后还是"三弟"说:"老大老二,咱们就租这位大姐的服装,在这儿照个相吧!"

上校大哥有点儿吞吞吐吐。"三弟"将军道:"怕闫大姐说你的事儿?放心啦,我让老二当阿鹏哥!你自个儿耍单算了!"

最后,上校大哥还是很扭捏地跟摇身一变成了"阿诗玛"的"三弟"坐在蝴蝶泉畔,也"秀"了一次"阿鹏哥"。

离开蝴蝶泉时，我还穿着"阿鹏哥"的民族服装，回过头去看看，夜幕中的蝴蝶泉依然神秘得如梦如幻……

当晚，回到丽江时，有关我们"大理三哥们儿"的各种猜测就已经在同去的十几个哥们儿、姐们儿中间流传开了。"三弟"红霞一统计，居然衍生出了"大阿鹏和阿诗玛"、"二阿鹏和阿诗玛"、"俩阿鹏和阿诗玛"同飞蝴蝶泉，"大阿鹏、二阿鹏、阿诗玛"各自耍单，一宿不眠，第二天早上却纷纷跑到蝴蝶畔"丢个石头试水深，山歌寻找意中人"等十来个版本的"蝴蝶泉传说"；再加上"三弟"第二天就把我们"大理三哥们儿"的照片冲洗出来，没顾上"分赃"就被那帮哥们儿、姐们儿抢了去，还没看完，就有人伸着脖子问"老大老二，你俩没有为'阿诗玛'拼命吧"，"老大老二，谁对的山歌让'阿诗玛'倾倒了"之类的、看上去既嫉妒又皮笑肉不笑的话……

上校大哥虽为军人，却一身儒雅之气，抿着嘴很到位地微笑着，高深莫测地不说话。那帮家伙就围拢了"三弟"，不依不饶地问。追得急了，"三弟"红霞拨拉着照片说："你看看，你看看……我跟'大阿鹏'和'二阿鹏'分别照的相，我对谁笑得甜？"

我一听这话，赶紧去抢照片，抓到手里还没顾得上瞧，"大阿鹏"上校大哥却开口了："还用看？嘿嘿……"满脸的幸灾乐祸。

原来，我和"阿诗玛"合影时，他故意把光圈调大了，一幅照片就看见模模糊糊的两个人影，喊！

"老二，别生气啦。回头到了香格里拉，咱坚决不再找老奸巨猾的老大给咱照相了好不好？""阿诗玛"挺会安慰人的，我立时就找到了心理平衡，当天晚上就做了梦，跟那个2000多年前的庄周老先生一样，梦到了一团一团"缤纷络绎，五色焕然"的蝴蝶，绕着两个模模糊糊的身影飞舞。梦醒之后，我就唠唠叨叨曰："庄周梦为蝴蝶，栩然不知周之为蝶，蝶之为周，既觉，

第四辑 一梦蝴蝶

则蘧蘧然一周也。遂从而弦歌之……"弄得同一个房间的西北作家"西北平原"先生一个劲儿地问我："深更半夜不睡觉，发什么神经？"

我说："嘿嘿……贼好，贼好！"

"西北平原"揉着眼泡，继续一头雾水状。他哪里知道这是上校大哥在大理突击给我们培训的东北话呢！

哪知道，到了香格里拉，我揣着满脑袋的"蝴蝶"，却连"三弟"的影子也没见着。倒是第二天，"三弟"和大哥的一大堆合影又让我梦见了一大群蝴蝶，成双捉对的，可再怎么找，那蝶儿群里，竟没有一个是我！

眼儿红归眼儿红，灯泡归灯泡，俺们"大理三哥们儿"的友谊却从那时牢不可破了。时不时打电话，上来就是一句："老大，最近还是'贼好'吧？""老三，最近还是'贼好'吧？"

急急火火拨了半天号码，现在的电话却打不通，我端详了一阵"三弟"寄来的那张贺年片，撂下手中的活儿，开始分头写信。第一句话自然是："最近还是贼好吧……"

 "奢侈"的绽放

离阴历年只剩几天了，忽然接到了李廷贤先生的电话："上午，我去看了样书。印刷厂就要开机了……"

手机里传送来的，是他掩饰不住的疲惫。我知道，沉浮了大半生的他，的确累了。

临挂机时，他又告诉我："你注意一下，《大河报》后天就开始连载……"

他说的"书"，就是他历时三载、几易其稿才杀青的、30万字的长篇小说《老同学部落》。

我是在7年前经一位高中同学介绍，认识廷贤的，认识之后，才知道他和我是老乡。我们老家的两个村庄相距十几里地。那个时候，他还是郑州大酒店的副总经理，刚从平顶山调到省城。但在当时，我丝毫没有觉得他这位副总跟文学有什么关系。

忽然有一天，廷贤打电话给我说，他在《作家文摘》报上看到了我的一篇小文，随后，还特意把那份报纸替我保存下来了。由此我才知道，他一直订阅着六七种文学报刊，而且，"我每天晚上下班，基本上都是靠这些报刊打发时间的"。他在电话里还说："以前没有条件读书学习，现在条件有了，却又没有了时间……"话里话外，有一种绝不是故意矫情的无奈。

之后，我俩的交往就多了起来——就因为一种很"奢侈"的同好。说"奢侈"，是因为天津的一位乡土作家在一次文学活动上感慨："在今天，能够有这么多人坐下来'谈论文学'，实在是一种奢侈的聚会。"那之后，大凡跟谁说起小说、散文、诗歌之类的"文学"，我就自嘲说：咱们说这些东西，是多么"奢侈"啊。

两年多以前，廷贤忽然跟我说，他从副总的位置上退休了。终于可以真正"奢侈"地抱着那些被冷落在书架上的书们，大快朵颐了。之后我们就见了一面，那时的他，红光满面、笑声朗朗，丝毫没有"退休综合征"之类的失落与颓废，反而像从一个被捆扎了许多年的缧绁中脱逃出来那样，说："我自由了，想干啥就能干啥了。"我当时还没怎么在意，哪知道，过了一些时日，廷贤竟拎着厚厚一大沓誊写得一丝不苟的手稿找到我家里，说："我试着写了点儿东西，你给看看。"他走后，我就开始翻阅他那叠手稿，一读，先是吃了一惊；接着，便一下子陷了进去，一口气看完了！

青春的边沿

那叠手稿就是如今面世的《老同学部落》——当时的篇名叫《老同学联谊会》，只写了6万余字。

熟悉的九曲黄河最后一道湾儿中的时空背景，熟悉的现代都市中的各色世相；一个凭寒窗下便已构筑起基础的人际关系网，一座以如今的"老同学联谊会"名义建设起来的人脉平台；一只在当年贫困的校园里中梦寐以求的猪蹄，一个今天的医院院长那装着各类物品的老板包；一段段如饮百年陈酿般酣畅淋漓的恰同学少年的往事，一段段风云际会般当今官场商场社交场上的百态浮世绘……

廷贤用他手中的那杆笔，在时空交错的迷离故事中，深情"奢侈"地倾诉着一个在乡村与城市中游走了50余年的人对这个世界人与物、情与义，功与罪、得与失的感觉。哺育他长大的故乡天上飘动的云朵和土地上生长的稼禾，如今生活着的都市的天空飘落的冷雨以及刮过的旋风，都走进了他的小说里。

当然最重要的是小说中的人物：那个不拘小节、但终被小节所害的县委书记王林；那个儒雅深沉、把原则与人情处理得进退自如、恰到好处的纪委书记赵瑞普；启开了昔日男孩儿混沌少年性意识的女同学晓水；期期艾艾、郁郁而终的忧伤少年刘森林；玩世不恭、八面玲珑的医院院长杜跃明；经历家庭、情感、人生的诸多沧桑后总想在故乡的怀抱里长醉不醒地"病态地怀旧"的"我"……随着一页一页的阅读，这些人物在故乡的黄土地和那个早已破败的校园里鲜活起来，然后又在今天的舞台上以另一个面目击打你的神经。

还有思想。廷贤在铺陈故事的间隙里，借各个人物之口道出他对历史、政治，社会、家庭，城市以及乡村的深邃思考，深入到了生活的骨髓里，在"老同学联谊会"这个外延无限的平台上，经天纬地般挥散着思想的张力。他透过故事，横穿一切，冷峻地审视着社会和人生。

读完初稿,我反反复复地品味着那6万多字,几乎彻夜未眠。我看了看尾注:"2002年4月18日17时55分于郑州大酒店综合楼802室"。这一定是他写完最后一个字、长吁一口气之后看了看表记下来的。原来,他尚未退休时就已经悄悄地"分娩"了他的小说处女作,但以前他却从未跟我提及过。

之后就是修改。写作品和修改作品是两种状态,尤其是长篇小说,牵一发而动全身,动不动就要伤筋动骨,大卸八块。写这部作品的时候我不知道他是什么状态,书稿改完后的2004年夏,有一段时间忽然没了他的消息,两个多月后,他打来电话说:"稿子改完我住院了,弄出了一场大病。"再见他时,他果然神色憔悴,人也瘦了不少。电话里说得轻描淡写,他在医院里却脸朝下趴了两个多月——他坐出大问题了;而那6万多字的小说,却已经被他"改"成了20余万字!

我在读第二稿时,发现作品中增加了几个人物,尤其是那个后来被省作协主席张宇在写序时说"把卖老鼠药的写到惊天动地"的"鼠药大王"曹子建、广电局长蒿麦田等。更为恢宏的结构,更为密集的故事,更为鲜亮的人物,更为多元的思想,更为洗练的语言,排山倒海而来……

我想,那个"改"的过程,他一定是痛苦的。因为他经历了一个先是否定自己,然后再肯定自己的过程。这种过程,是很折磨人的,他终于被折磨得住了两个多月医院。他自己也说:"把自己关起来写作,实在是一种痛苦的劳动,不过挺过瘾的。"

这之后,我把他的书稿拿到北京,请央视版《射雕英雄传》的总编剧龚应恬等几位大腕儿看了看。龚应恬用了两天一夜的工夫读了一遍,很慎重地提了一些意见,然后说:"这是一部好作品,我们不能光像看手抄本那样传阅,得让它面世,让更多的人读到它。"之后,他便极热心地推荐了两家出版社。与此同时,廷贤也不再满足于"写写过过瘾而已",他把稿子送到了《东京文学》杂志社，于是，这部小说开始以连载的形式"老荷"初露……

如今躺在我的电脑硬盘里的《老同学部落》的定稿，至少应该是第三稿了。不但字数已经上升到了 30 万，小说中出场的人物也更多，相互之间的关系也更复杂了。较我读过的初稿和二稿看：整章节整章节地大块"消失"，又整章节整章节地"嫁接"出新的枝蔓。除书中的王林外，甚至连主要人物和几个次要人物的命运，也改得面目全非。

《老同学部落》还在出版社校对的时候，我和廷贤又见了一次面。那次，我俩聊得很深，不仅仅是聊这部书中的人和故事，更多的是聊他自己。当然，他自己的影子也是见首不见尾、影影绰绰地"躲"在小说里的。聊到最后，我们都搞不清楚是说这部作品中的"我"、还是在说现实中的"我"了。

那个晚上，他第一次给我说了他对文学之痴、对文学之爱的经历和过程。他说："对于文学，其实从我上学时就播下了渴望开放的种子，一直到现在，几十年了，这粒种子一直在我的生命中孕育着……知天命之年，我才有了我的处女作，我算是个老文学青年呢……大半辈子才发酵出 30 万字，这样的写作成本，够'奢侈'的吧——你总玩笑说如今玩儿文学是'奢侈'的行当，也许以后，我会把这辈子剩下来的时间都交给稿纸了，这也够'奢侈'了吧……"

我忽然被他感动。然后，房间里就装满了响亮的笑声……

为了孩子玩儿魔方

周日,我去办公室加班,在地铁上遇到一对小夫妻,每人手里把玩着一个一模一样的魔方。

他们并肩坐着。我站着,一低头,正好看到他们手里转动魔方的每一个动作。俩人各转各的,小伙子却在不停地指点妻子;那个女孩偎依着他,很乖的样子。他们说话的声音很小,语速极快,我听不清楚,但我听出小伙子是操着一口"本山味儿"的东北口音。

老公玩儿魔方的技巧,简直让我叹为观止,不消两分钟,就把一个个排列杂乱的四彩小方块,六面全都转成了"清一色",而且,其转动的速度,快得让我眼花缭乱。转好后,再打乱,再转好,一面还低头给妻子讲解什么,声音仍很小,语速仍很快,我仍听不清楚。

"嘿,老弟,玩儿魔方能玩儿到你这水平的,不多啊!"禁不住好奇,我和他们搭讪上了。

哪知道,小伙子的回答让我很意外:"哪儿啊,也没玩儿多久,三四个月呗。听说,玩魔方能开发智力,有助于胎教。为了下一代嘛,就琢磨起这玩意儿了。这一玩儿,咋就玩儿上瘾了呢?"

"哦,玩儿魔方是为了孩子啊?老弟将来肯定是个好爸爸。"我一边夸着小伙子,一边瞟了一眼他身旁坐着的准妈妈。她脸色羞红了。我赶紧接着继续猛夸:"三四个月就玩儿到你这水平,不得了啊,我看你眨眼工夫就转成了。好多年前我也玩儿过,转成一面儿,就要半天。"

"熟练了呗。网上有教程,我跟着瞎琢磨的,只不过是手熟。"小伙子很谦逊地说,"要不是为了孩子,老大不小了,谁玩儿

青春的边沿

这个？瞎耽误工夫吗那不是！都是被逼的呗。说是玩儿魔方搞胎教，关键在于女的；可她，咋教都玩儿不转。我就得先学会，玩儿好了，再教她。这不，她从上了地铁就转，要下地铁了，还没转成，贼笨！"小伙子边解释，边瞅着身边的媳妇笑。看得出来，这小两口，过得幸福又温馨。

还没聊上几句，四惠东站到了，他们下了地铁。

我还有一站，继续站着，随地铁走。心里却总在想那个小伙子的话："为了下一代嘛……"